몰라서 물어본다

박원순의 퇴근길 청춘수업

몰라서 물어본다
박원순의 퇴근길 청춘수업

초판 1쇄 펴낸 날 / 2018년 2월 23일

지은이 • 박원순 | 기획 • 신이호 | 사진 • 최창락 | 책임편집 • 임형욱
펴낸이 • 임형욱 | 본문디자인 • 예민 | 영업 • 이다윗 |
펴낸곳 • 행복한책읽기 | 주소 • 서울시 종로구 명륜4길 5-2, 403호
전화 • 02-2277-9216,7 | 팩스 • 02-2277-8283 | E-mail • happysf@naver.com
인쇄 제본 • 동양인쇄주식회사 | 배본처 • 뱅크북(031-977-5953)
등록 • 2001년 2월 5일 제300-2014-27호 | ISBN 979-11-88502-03-5 03800
값 • 15,000원

몰라서 물어본다

박원순의 퇴근길 청춘수업

행복한책읽기

청출어람 청어람, 푸른색은 쪽에서 취했지만 쪽빛보다 더 푸르다. 이는 중국 전국시대의 사상가인 순자의 사상을 집록한 〈권학편〉에 나오는 말로, 제자가 스승보다 더 뛰어남을 비유하는 말이다.

이 고사성어가 잘 쓰인 예가 있다. '이밀' 이라는 사람이 '공번' 을 스승으로 삼아 학문을 하였다고 한다. 이밀의 학문 발전 속도가 매우 빨라 얼마 지나지 않아 스승인 공번을 뛰어 넘었다. 그러자 공번은 더 이상 가르칠 게 없다며 오히려 이밀에게 스승이 되어줄 것을 청하였다. 그러나 주위에서는 공번의 용기를 높이 사고 또 훌륭한 제자를 키운 것을 칭찬했다고 한다.

지코를 시작으로 마지막 무적핑크까지, 지난 4개월 간 만난 나의 선생님들은 모두 같은 고민을 하고 있었다. 그들을 만나는 내내 공번이 자연스럽게 연상이 됐다. 그들은 바닥부터 시작해 각자의 영역에서 크든 작든 성공을 이뤄냈다. 그러나 그들은 거기서 멈추지 않고 자신의 후배들에 대한 걱정과 책임감을 내비쳤다. 자신들의 경험을 나눠주고, 후배들이 자신들을 뛰어넘는 이로 성장하기를 원했다.

더군다나 그들은 자신의 분야에서 의미 있는 성공을 거둔 이들이 긴 하지만 아직 20대 중반부터 30대 후반으로, 어쩌면 가야 할 길이 창창한 청년들이다. 그럼에도 불구하고 그들은 자신들이 몸담고 있는 분야의 생태계를 구축하고 후배들이 성장할 수 있는 발판을 만들기 위해 고민하고, 또 실제로 행동하고 있었다. 게다가 그들은 단순히 자신의 자리를 후배들에게 물려주고 마는 것이 아니라 후배들과 함께 현재진행형으로 더 성장하고 싶다는 열망도 존재했다. 후배들에게 배울 것이 있으면 그들을 스승으로 삼고 자신을 더 발전시키고 싶은 성장욕구도 여전히 있는 것이다. 공번처럼 말이다.

그들을 만나는 동안 내 자신을 돌이켜봤다. 과연 우리 기성세대들은 어떠한가? 더 좁혀서 우리 정치인들은 어떻게 하고 있는가? 또 지금의 나는 과연 제대로 하고 있는가? 기성세대인 우리는 후배들이 역량을 발휘할 수 있도록 얼마나 많은 노하우를 물려줬으며, 얼마나 많은 길을 열어줬던가?

이번 〈몰라서 물어본다〉를 통해 나부터 후배들과 공존하는 연습을 하고자 한다. 단순히 자리의 문제를 초월해 서로의 경험을 공유하고 서로에게 부족한 부분을 채우며 함께 성장할 수 있는 방법을 모색하고자 한다. 쪽에서 나온 푸른색이 다시 더 푸른색을 틔울 수 있도록 내가 먼저 그들을 위한 바탕이 되고자 한다. 다행히 내게는 출람지재 같은 후배 및 동료들이 가득하기에 고맙고 든든하다.

목차

몰라서 물어본다

박원순의 퇴근길 청춘수업

〈몰라서 물어본다〉 QR코드

"실제 인터뷰 영상이 궁금하신 분들은
QR코드를 통해 유튜브에서
감상하실 수 있습니다."

요즘 젊은 직원들과 대화를 할 때마다
"시장님이 트렌드를 잘 모르서서 그래요"라는 말을 듣곤 한다.
나름 노력한다고 했지만
그들에게는 부족할 수밖에 없는 것도 사실이다.
그래서 그 '잘 모르는 것들' 을 제대로 알아보려고 한다.

젊은이들의 문화를 함께 즐기고,
청년 사업가의 고민을 더 가까이에서 듣고자 한다.
이들의 삶과 고민을 이해하고
이를 정책으로 반영할 수 있도록
작은 노력부터 시작해 보려는 것이다.

서울시장이 이런 것들도 모르고
시정을 잘 할 수는 없는 것 아닌가?
그리고 그들에게 얻은 값진 이야기들을
이 책의 독자들과도 나누고자 한다.

지코, 레츠기릿이 무슨 뜻인가요?

아티스트

지코

- 성명: 지코(본명 우지호)
- 출생: 1992년 9월 14일, 서울
- 직업: 가수(래퍼), 음악PD
- 소속: 블락비, 팬시차일드
- 특징: 아이돌 그룹에 대한 편견을 깨고 실력으로 대중에게 사랑받는 뮤지션.
  특히 가사말을 참신하게 표현하는 것으로 유명하다. 지난 2015년에는
  〈쇼미더머니〉의 최연소 심사위원으로 출연해 화제를 모았다. 힙합으로
  시작해 지금은 다양한 장르의 음악을 소화하는 아티스트로 성장 중이다.

■ ■ ■ ■

솔직히 말해서 평소에 음악을 즐겨 듣지는 않는다. 아무래도 책이 더 익숙하고 가깝다보니 쉴 때도 음악보다는 책으로 손이 간다. 그런데 서울시장을 하다 보면 한류 문화, 그 중에서도 K-pop의 중요성에 대해서 자주 접하게 된다. 행사장에서는 K-pop이 중요하다는 연설을 하면서 정작 나 자신은 이 부분에 대해 잘 알지 못한다. 우리 또래는 공감하겠지만, 얼굴을 봐도 다 비슷하게 생겨서 구분도 어렵고 노랫말을 솔직히 알아듣기 어렵다. 그래도 용기를 내어 조금 더 다가가는 노력을 해보고자 한다.

그래서 시작한다. 젊은 직원들의 도움을 받아 평소 만나지 못한 영역의 사람들의 이야기를 직접 들으러 간다. 막상 가면 어설프고 엉뚱한 소리를 하겠지만, 모르면 물어보라고 하지 않았는가?

자, 그럼 시작해볼까? 레츠기릿!

박원순: 지코씨, 반갑습니다. 솔직히 이번 일을 준비하기 전까진 지코씨를 잘 몰랐어요. 들어보니 지코씨가 요즘 젊은이들에게 그렇게 '인기만빵' 이라고 하던데! 그래서 오늘 지코씨 인터뷰를 통해 서울시장직을 더 훌륭히 하기 위한 깨달음을 얻고자 합니다. 레츠기릿!

시작부터 "레츠기릿!" 을 외치자 다들 의외란 반응이다. 지코도 놀란 표정이다. 흥겹

게 자리에서 일어나 지코와 힌 번 더 포옹을 나눈다. 스태프들이 잇지 말라고 당부해서 하긴 했는데 왜 해야 하는지는 까먹은 상태다. 지코에게 따로 물어봐야겠다고 되새기며 인터뷰를 시작한다.

몰라서 물어봅니다! 당신은 누구십니까?

박원순: 사실 지코라고 하면, 젊은 세대에는 잘 알려진 유명인이지만, 저처럼 지코에 대해 처음 들어보는 사람들도 많이 있을 겁니다. 제가 잘 몰라서 물어봅니다. '지코' 는 어떤 사람입니까?

지코: 저는 음악을 하는 사람입니다. 저는 음악의 팬이고, 음악을 만드는 사람이라는 게 가장 정확한 저에 대한 설명인 것 같습니다. 제가 처음 음악을 접하게 된 계기는 힙합이라는 장르였고요, 힙합을 기반으로 해서 지금은 댄스, 발라드 등등 여러 가지 장르들을 넘나들면서 작업을 하고 있습니다.

박원순: 에… 하나도 하기 힘든데 그 많은 걸 동시에 다 할 수 있어요?

지코: 제가 변덕이 좀 많은, 아니 변덕보다는 욕심이 좀 많은 편인 것 같아요. 힙합을 좋아하긴 하지만 이것도 해보고 싶고 저것도 해보고 싶은 욕심이 있어요. 제가 음악을 듣는 것도 편식을 안 하는 편이어서 그런지 제가 하고 싶은 음악도 다양한 것 같아요.

저를 지코의 제자로 받아주시겠어요?

박원순: 지코씨는 새로운 것에 대한 거부감이 없는 편인 것 같네요. 저도 좀 그런 편인데, 그래서 언젠가 랩을 한번 배워보고 싶다는 생각을 했어요.

지코: (진심 놀라며) 정말요?

박원순: 얼마 전에 〈힙합의 민족〉이라는 방송을 보니까 힙합을 전혀 못 하던 사람이 일주일에서 한 달 정도 배우고 나니까 힙합을 아주 잘 하더군요. 그걸 보면서 '나도?' 하는 생각을 해봤는데, 혹시 지코씨가 제게 랩을 좀 가르쳐주실 수 있어요? 저를 지코의 제자로 받아주시겠어요?

지코: 네? 하하하~ 어떤 느낌을 원하시나요? 음… 하기 쉬운 게 뭐가 있을까요?

돌발 질문에 약간 당황한 듯 보였지만 그래도 곧바로 예의 바르게 이런 제안을 한다. 기본적으로 어른을 대하는 것만 봐도 바른 청년이란 생각이 든다.

지코: 우선 힙합 인사를 저랑 함께 해보시면 어떨까요? 힙합 인사는 면

저 이렇게 악수를 하고, 그 다음에 어깨를 서로 빗겨서 안으시면 됩니다. 내 어깨를 빗겨 안으며 이런 느낌으로 '와썹' 하고 안아주면서 인사를 하시면 됩니다.

박원순: 아니, 이건 우리 처음 만날 때 했던 인사 아닌가요? 이거 아까 우리가 해본 건데?

지코: 맞습니다. 그래서 저도 아까 깜짝 놀랐습니다. 보자마자 시장님이 힙합 느낌으로 인사를 하셔서요. 보통 힙합 공연장 같은 곳을 가다 보면 인사를 하느라 체력이 다 소진되기도 해요. 인사를 할 때 계속 이런 식으로 몸을 많이 쓰기 때문에. 그냥 악수하는 게 아니라 허그도 하고, 주먹을 서로 맞대기도 하니까요.

힙합 인사를 마치자마자 갑자기 현장에서 스태프들이 춤도 한번 춰보시라고 부추긴다. 그냥 두면 정말 춤을 춰야 할 분위기, 이럴 때는 뭐든 얼른 해버려야 하는데…

박원순: 음… 그럼 기왕 이렇게 된 거 제 랩도 한번 평가를 해주세요. 춤까지는 제가 자신이 없고 대신 랩은 한번 해볼게요. 랩이라는 게 자기 마음 가는 대로 하면 되는 것 아닌가요?

지코: 그렇죠. 본인의 개성이 가장 중요하기 때문에 하고 싶은 대로 하시면 됩니다.

어떻게든 되겠지. 해보자.

박원순: ♬시장, 시장, 싫어, 싫어. 진짜 싫어. 그렇게 생각할 때가 있어. 그렇지만~ 시민, 들을 행복, 하게 하는 거잖아, 거잖아, 거잖아!♬

내가 민망해서 어찌할 줄 모르자, 되려 내가 민망하지 않게 칭찬을 해준다. 그리고 환하게 웃어준다. 역시나 바른 청년이다.

지코: 방금처럼 시장님 본인의 이야기를 하는 게 힙합입니다. 잘하신 거예요. 와~오오!

박원순: 오늘 내가 랩을 하는 걸 보니 어땠어요? 나를 지코씨 제자로 들일 생각은 없어요?

지코: 제자로 들이기엔 시장님이 너무 바쁘신 분이라서요…

이토록 정중하고 완곡하며 탁월한 거절은 오랜만이었다. 역시나 바른 청년이다.

박원순: 후우, 이제 다시 앉아서 이야기합시다. 아, 아까부터 궁금한 게 있었어요. 레츠기릿이라는 말이 대충은 느낌을 알겠는데 정확히 무슨 말인지 좀 알려주세요.

지코: '자 시작하자. 들어가자' 이런 뜻이에요. 뭔가를 시작하기 전에

흥을 돋우기 위한 추임새라고 보시면 돼요. 영어로 Let's get it 이에요.

박원순: 아아, 렛/츠/겟/잇! 나도 다음에 시청에서 회의를 시작할 때 레츠기릿! 하면서 한번 시작해 볼게요. 그런데 직원들이 알아들을 수 있을까 모르겠네요.

지코: 젊은 직원들은 다 알아들을 겁니다.

박원순: 그렇겠죠. 지코를 좋아하는 젊은 직원들이 많으니까. 아무튼 제가 회의 때 한번 실험해 볼게요. 레츠기릿!

지코: 하하하. (웃음) 네 재밌을 것 같습니다.

지코는 일 밖에 모른다?!

박원순: 그럼 이제 본격적으로 지코를 집중적으로 파헤쳐 보겠습니다. 듣기로는 지코씨도 굉장한 워커홀릭이라고 들었어요. 그럼 일 안 하고 쉴 때는 주로 뭘 하시나요?

지코: 저도 사실은 취미가 따로 없는 것 같아요. 그게 요즘 제 고민 중에 하나예요. 보통 쉬거나 무료함을 해소하기 위해 음악을 듣거나 곡 작업을 해요. 음악이 일이면서 동시에 취미기도 한거죠. 그래서 요즘

에는 일부러 취미를 찾으려고 노력하고 있어요. 일과 휴식의 밸런스가 중요하다는 생각을 조금씩 하는 중입니다.

박원순: 지코씨도 워커홀릭이었군요. 이건 우리 둘의 공통점이네요.

지코: 네, 그런데 2017년은 휴식의 중요성에 대해서 확실하게 깨달은 한해였습니다. 창작이라는 것은 제가 가지고 있는 것과, 외부에서 들어오는 자극이 공존하면서 재창조가 될 때가 많거든요. 그런데 휴식 없이 일만 하다보니 자신이 소진되고 있는 느낌? 새로운 자극들로 채우고 싶다는 생각을 하고 있어요.

박원순: 창조를 위한 휴식?

지코: 네. 제 스스로 제가 가지고 있는 하드웨어로만 머리를 가동시키니까 뭐랄까, 가뭄이 진다고 해야 하나요? 머릿속의 수분이 다 빠지는 느낌이 들더라구요. 육체적으로 힘들다기보다는 정신적으로 좀더 여유를 갖고 싶다는 생각을 많이 하는 편이에요.

박원순: 사실 창조라는 게 그렇게 막 몰입한다고만 되는 것은 아니에요. 우리가 흔히 말하는 레크레이션(recreation)이라는 말은 휴식과 쉼을 이야기하는 거잖아요? 그런데 레크레이션의 영어 단어를 잘 살펴보면 리-크리에이션(re-creation), 창조를 뜻하는 크리에이션이라는 단어가 들어가 있어요. 새로운 창조를 위해서는 쉬어야 된다는 뜻이죠.

지코: 오, 그런 깊은 뜻이 있었군요.

박원순: 저도 요즘 들어서야 이런 고민을 하고 있어요. 우리나라의 상황도 마찬가지인 것 같아요. 우리가 과거에는 경제성장 하느라 남의 뒤만 계속 따라왔잖아요. 이제 우리도 패스트 팔로워(Fast follower)에서 퍼스트 무버(First mover)가 되어야 하는데 너무 바쁘게만 살아오다 보니까 그런 전환이 쉽지 않은 거지요. 경제도, 나라도, 개인도 마찬가지입니다. 창조를 하려면 쉬어야 합니다. 그런 의미에서 지코씨도 더 좋은 창작을 위해서는 푹 쉬어야 하는데 자신이 잘 쉬지 못 하는 이유는 뭐라고 생각하세요?

지코: 음, 자의반 타의반인 것 같아요. 스스로 제 자신에게 쉴 틈을 주지 않았던 것도 있고요. 정말 스케줄 상으로 정말 쉴 시간이 없었던 것도 있어요.

박원순: 정말 저하고 비슷하네요. 저도 어떤 날은 하루에 일정이 25개 정도인 날이 있어요. 하루에 25군데 일정을 소화하다 보면 화장실을 갈 시간이 없을 때도 있죠.

지코: 헉, 25개 일정을 하루에요? 그나저나 시장님은 시간이 날 때 어떻게 보내시나요?

박원순: 사실 쉬는 것도 그냥 되는 것은 아니더라구요. 옛날에는 내가 항상 수첩을 가지고 다니면서 아이디어가 떠오르면 맨날 메모를 하곤 했는데, 어느 날 수첩을 탁 던져버렸어요. 뇌를 쉬게 배려하는 거죠. 그렇게 그냥 듣고 흘려버리는 것도 하나의 방법인 것 같아요.

지코: 저도 사실 그 부분에 대해서 고민을 많이 했어요. 바쁜 일정 속에서는 생각할 여유가 없을 때는 몰랐는데, 막상 어느 날 갑자기 저에게 여유가 찾아오면 갑자기 생각이 너무 많아져서 그게 고통스러울 때가 있더라구요.

박원순: 어쩌면 나랑 그렇게 똑같아요? 하하하. (웃음)

자리에서 벌떡 일어나 닮은꼴끼리 하이파이브!

지코: 그럼 시장님은 갑자기 여유가 생기면 뭘 하시나요?

박원순: 음… 어렵네요. 아, 한 번은 그런 적이 있어요. 제 생일이었는데, 우리 직원들이 제게 선물을 했어요. 무슨 선물이냐 하면 제게서 컴퓨터도 뺏고, 휴대폰도 뺏고, 그냥 내 방에서 그냥 음악을 조용히 들려주는 선물이었어요. 아무것도 안 하고 음악만 듣고 있으려니까 진짜 힘들었어요. 앞으로 우리 서로 잘 쉬는 비결을 찾으면 서로 알려주기로 합시다.

"

어쩌면 나랑 그렇게 똑같아요?

"

지코: 그때 느끼셨을 기분이 저도 뭔지 알아요. ㅋㅋㅋ. (웃음)

박원순: 나는 아직 이십대인 지코씨가 이런 고민을 하고 있다는 것이 정말 놀랍네요. 그만큼 열심히 살아왔다는 것을 반증이라는 생각이 들어요.

지코 인생에서 최고의 순간은 언제였나요?

박원순: 이번에는 지코씨에게 인상 깊었던 순간에 대해 얘기해보죠. 지금까지 돌이켜 봤을 때 언제가 최고의 순간이었나요?

지코: '이 날이 내가 살아오면서 최고의 순간이다' 라고 특정 순간을 꼽을 수는 없겠지만 넓게 봤을 때 제게는 2015년이 가장 의미가 있던 한해였습니다. 사실 그때 저는 자신감으로 가득 차 있던 시기였습니다. 그런데 그에 반해 아직 대중분들에게는 저에 대한 정보가 거의 없어서 '어, 이 사람이 어느 정도의 기량을 가지고 있지?' 하는 것을 잘 모르고 있던 때였거든요. 그런데 그 시기에 〈쇼미더머니〉라는 프로그램, 그리고 제 솔로앨범을 통해서 제가 가지고 있던 음악적 기량을 보여줄 수 있었습니다.

박원순: 이야~ 그럼 2015년이 완전히 스타덤에 오르는 시기였군요?

지코: 서서히 물이 들어오기 시작하는 시기였고, 그때 저도 노를 엄청 많이 저었습니다. 그게 많은 분들에게 사랑과 인정을 동시에 받았고, 그래서 2015년이 제게는 가장 의미가 큰 한해입니다.

박원순: 오~ 물 들어올 때 확실하게 배 띄우고 노를 저었군요. 그럼 앞으로 맞이할 미래 최고의 순간은 어떤 모습일까요? 어떤 꿈이 있나요?

지코: 사실 꿈이라는 건 어떤 것을 성취할 때마다 더 멀리 멀리 새롭게 뻗어가는 것이어서, 제가 어딘가에 도달했을 때는 그 꿈이 항상 바뀌더라구요. 그래서 지금은 딱히 무엇을 특별히 달성하고 싶은 게 있는 게 아니라, 더 좋은 음악을 만들고 싶다는 열망으로 가득한 요즘입니다.

박원순: 그러니까 미래의 꿈은 지금보다 더 좋은 음악을 더 만드는 것이군요.

어쩌면 이십대 중반의 청년에게서 이런 대답이 나올까 놀라면서, 반대로 내가 너무 이들을 어리게만 봐온 것은 아닐까 잠깐 생각해 본다.

지코: 네, 어떤 꿈을 정해놓고 그 꿈만 바라보게 되면 가끔 더 중요한 것들을 놓치게 될 때가 있는 것 같아요. 그래서 그 순간순간에 저에게 주어진 것들을 성실하게 하다 보면 어느 새 저의 꿈 근처에 와 있더라구요. 그런 식으로 살려고 노력하고 있습니다.

박원순: 이미 확고한 자신만의 철학과 신념을 갖고 있네요. 나이로 사람을 평가하면 안된다는 말이 지코를 통해서 다시 한번 증명되네요.

이 청년 내가 생각했던 것보다 훨씬 깊구나 싶다. 단순히 '무엇이 되어라' 하며 일방적으로 가르치는 기성세대와 '무엇이 될거야' 라는 생각만으로 인생의 큰 흐름을 놓치는 안타까운 청년들에게 귀뜸해주고 싶은 대목이다.

지코의 몸에 세종대왕이 새겨져 있다던데!

박원순: 지코씨는 세종대왕님을 굉장히 존경하고, 그래서 몸에 세종대왕 타투까지 있다고 들었어요.

지코: 제가 세종대왕님을 존경하게 된 것은 제가 가사를 쓰는 일을 직업으로 하다 보니 당연히 한글을 많이 쓰는데요. 한글은 쓰면 쓸수록 위대함을 느끼게 되는 문자인 것 같아요. 그게 가장 큰 이유죠.

박원순: 특별히 어떤 점이 그렇게 위대하다고 느껴졌나요?

지코: 개인적으로 바빠서 필기체 쓰듯이 그냥 날려서 써도 그 모양이 너무나 아름답고요, 무엇보다 한글 자음과 모음이 조합되는 구조 자체가 너무나 신기한 것 같습니다. 세종대왕님에 대해서 공부를 하고 학습을 하면서 점점 더 그 위대함을 느끼고 있습니다.

박원순: 타투까지 한 걸 보니 진짜 닮고 싶었나봐요. 그런데 사실 한글 창제는 세종대왕님의 수많은 업적 중 하나죠. 뿐만 아니라 세종대왕 시기에 측우기나 물시계도 발명됐고 장영실과 같은 사람을 등용해 많은 과학적인 발전을 가져왔죠.

지코: 맞아요. 세종대왕님의 인재를 알아보고 발탁하는 그러한 부분도 저는 본받고 싶습니다. 저도 사실 다듬어지지 않은 보석을 먼저 발견하는 것을 좋아해서요.

박원순: 주변에 아직 알려지지 않은 음악인들을 발굴해서 돕고 싶다는 뜻이군요?

지코: 네, 아직 빛을 보지 못한 신인들이나, 음악을 하고 싶으나 마땅한 기회가 없는 분들, 재능은 있지만 기회를 많이 갖지 못한 분들을 빨리 발견하고 싶은 욕심이 있어요.

박원순: 혼자 음악을 잘해서 혼자만 뜨는 게 아니라 음악적 재능은 갖고 있는데 아직은 뜨지 못한 사람들과 함께 가고 싶다, 이런 생각이군요?

뮤지션 지코, 갈수록 멋지다. 솔직히 '더불어 잘 살고 싶다'는 말을 듣게 될 줄은 몰랐다. 이 청년의 과거가 새삼 궁금해진다.

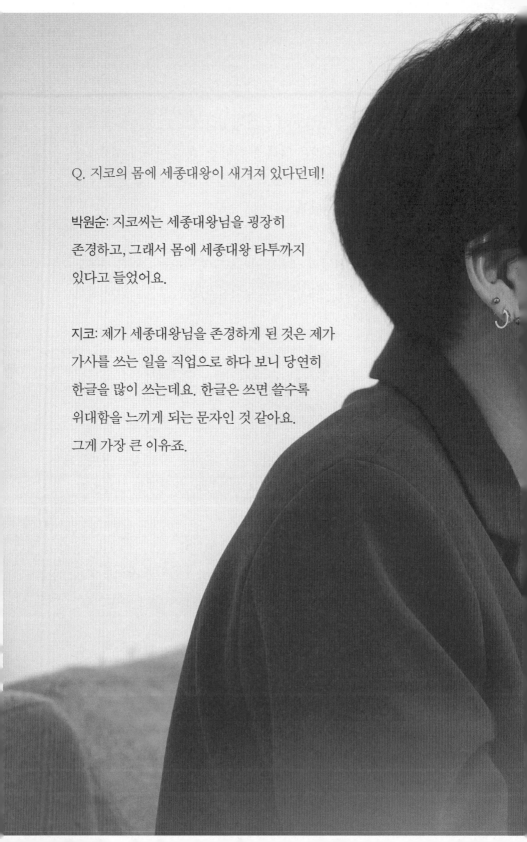

Q. 지코의 몸에 세종대왕이 새겨져 있다던데!

박원순: 지코씨는 세종대왕님을 굉장히
존경하고, 그래서 몸에 세종대왕 타투까지
있다고 들었어요.

지코: 제가 세종대왕님을 존경하게 된 것은 제가
가사를 쓰는 일을 직업으로 하다 보니 당연히
한글을 많이 쓰는데요. 한글은 쓰면 쓸수록
위대함을 느끼게 되는 문자인 것 같아요.
그게 가장 큰 이유죠.

우지호의 원래 꿈은 가수가 아니었다?

박원순: 지코씨의 본명은 우지호씨지요? 그럼 지금부터는 뮤지션 지코가 아닌 인간 우지호에 대한 이야기를 해보고자 합니다. 우지호씨의 어릴 때 꿈은 무엇이었나요?

지코: 저는 초등학교 다닐 때부터 애니메이션 보는 걸 굉장히 좋아했어요. 지브리 스튜디오의 미야자키 하야오 감독이 만든 모든 애니메이션들을 좋아해서 그때부터 애니메이션 작가가 되고 싶다는 꿈을 갖게 되었습니다.

박원순: 그럼 그 꿈을 위해서 뭔가 노력을 했던 게 있었나요?

지코: 항상 그림을 그렸어요. 지금 음악을 했던 것만큼 매일 그림에 빠져서 살았던 것 같습니다. 제가 원래 양손잡이인데, 그림은 늘 왼손으로 그렸어요. 그래서 집에 돌아와서 보면 왼손의 밑이 연필가루에 늘 까맣게 변해 있을 정도로 열심히 그렸습니다.

박원순: 그런데 그렇게 좋아했던 그림에서 음악으로 전환하게 된 계기가 있나요?

지코: 제가 중학생 때 일본으로 유학을 가게 되었습니다. 장래희망인 미술의 꿈을 이루기 위해 보다 꿈에 가까이 다가가기 위해 일본으로 유학을 간 거죠.

박원순: 처음에 일본으로 유학을 간 게 음악이 아니라 미술을 위해서 간 것이었군요.

지코: 네, 일본에서 미술 클래스에 들어가서 그림을 공부하게 되었어요. 입시미술로 정밀묘사를 하게 되었는데 정밀묘사를 하다보면 지루할 때가 많습니다. 정밀묘사는 창작이라기보다는 기술적인 부분에 가깝거든요. 저는 조금 더 창조적인 것을 하고 싶었는데 사실 기술 향상도 중요하다보니 그 과정에서 무료함이 생겼어요.

지코는 꿈을 이루기 위해 거쳐야 할 힘든 시간을 견디기 위해 음악을 가까이 했고, 그러다 음악에 푹 빠지게 됐다고 한다. 예술적 영감은 분야를 떠나서 서로 닿는 부분이 있는 것이 아닐까 생각이 들면서, 뮤지션 지코가 아닌 애니메이션 작가 우지호가 보여줄 작품 세계도 보통은 아니었을거란 추측을 해본다.

박원순: 그렇게 음악을 가까이 하다보니 재능을 발견하게 된 것이로군요? 재능이란 것이 어디서 어떻게 나타날지는 모르는 일인 것 같아요.

지코: 네, 그걸 본인이 발견하느냐 못 하느냐가 굉장히 중요한 것 같아요. 저는 그게 재능인지는 그때는 스스로 자각하지 못 했었고, 그냥

재미있어서 계속 하다보니까 재능도 발견됐고, 실력도 항상된 것 같아요.

박원순: 결국 모든 것은 재미로부터 시작되는 거네요. 우지호씨의 이야기를 듣고 나도 이제는 지코라는 아티스트의 팬이 될 것 같아요. 앞으로 저도 시디나 인터넷을 통해 지코의 음악을 들어보고, 공연장에 좀 좇아가도 될까요?

지코: 압! 물론이죠~.

박원순을 위한 지코의 맞춤 추천

박원순: 그럼 다시 우지호에서 지코로 돌아가보겠습니다. 지코씨가 음악을 하는 과정에서 지코씨를 이끌었던 뮤지션이나 롤모델이 따로 있나요?

지코: 저는 일단 해외 아티스트 중에서는 드레이크라는 뮤지션에게서 굉장히 많은 영향을 받았고요, 국내에서는 듀스의 김성재 선배님에게서 많은 영향을 받았습니다.

박원순: 역시나 제가 잘 모르는 분들이군요. 그러면 저같이 잘 모르는 사람들도 쉽게 들을 수 있는 음악 추천 좀 해주세요.

지코: 평소 어떤 스타일을 좋아하세요? 즐겨듣는 노래가 따로 있으신 가요?

박원순: 사실 딱히 없어요. 다만 우리 세대는 사실 뭐 조용필, 김민기… 이런 분들을 좋아하죠. 그런데 나는 새로운 세대를 좀 경험하고 싶으 니까 조금은 도전적으로 추천해주세요.

지코: 도전적인 음악을 찾으신다면 일단 지코의 음악을 추천해드리고 싶습니다, 하하하~. 그리고 저와 함께 음악 하는 동료들이 있거든요. 저희 크루인 팬시차일드의 음악을 추천드려요. 먼저 크러쉬라는 친구 가 있고요. 그리고 딘, 페노메코, 밀릭이라는 친구도 있습니다.

박원순: 아, 그런데… 그분들은 모두 외국분인가요?

순간 현장이 웃음바다로 변했다. 나중에 안 얘기지만 모두 한국사람이고 다들 실력 있는 뮤지션들이라고 한다.

지코: 이 친구들 이름은 제가 따로 시장님께 카톡 보내드릴게요. 나중 에 혹시 시간이 되신다면 이 친구들 음악 한번 들어봐 주세요.

지코만의 안티 대처법은 무엇인가요?

박원순: 인기가 많아지면 괜히 악플도 달거나 없는 사실을 유포하는 일도 있잖아요. 제가 조사를 좀 해보니 〈안티〉라고 하는 노래를 만들었더군요. 혹시 그런 일들과 연관이 있나요?

지코: 연관이 있죠. 안티팬분들과 연관이 있습니다. 제게도 안티팬분들이 계시는 것 같아요. 악플을 다시는 분도 계시고요. 그런데 그게 제게는 오히려 새로운 영감이 되기도 해요. 솔직히 저도 사람이니까 지나치게 이유 없는 비난에 화가 나기도 하지만 그런 것들을 통해서 제가 하지 못 했던 전혀 다른 발상이 나올 때가 있거든요.

안티팬들에게서 새로운 영감이라니… 나 역시 악성 댓글로 상처를 받거나 가족에게 미안한 일이 많기에 그게 얼마나 힘든 것인지 잘 안다. 사실 어떤 말들은 상처가 되어 마음 한 켠에 남게 된다. 그런데 지코는 이를 잘 소화해내고 오히려 영감을 얻는다고 하니 속으로 머쓱해진다.

지코: 제 주변에는 괜히 이유없이 악플을 다는 사람은 없어요. 그리고 저를 잘 알고 저와 오랜 관계를 지속하시는 분들은 절대 저에 대해 부정적으로 생각하지 않는다는 확신이 있어요. 그렇다보니 악플에 대해서 크게 과민반응하지는 않는 것 같아요.

박원순: 악플을 그렇게 이해하고 소화해낼 수 있다는 게 참 놀랍네요. 오늘 제가 지코씨에게 배우는 게 굉장히 많습니다. 세상에는 쉽게 얻어지는 것이 없고, 단계 단계를 밟아서 점진적으로 발전해간다는 이야기도 그렇고, 심지어는 자신에 대해 비판적인 사람들에게서조차 영감을 얻는다는 부분도.

젊은이답지 않게 참 어른스럽다. 절로 고개가 끄덕여진다. 나중에 들은 이야기지만 인터뷰 내내 내 얼굴에 미소가 가득했다고 한다.

지코가 박원순 시장에게
민원을 접수하다가 되려…

박원순: 이제 서울에 대해서 한번 이야기 해볼까요? 지코씨도 서울에 살죠? 본인이 사는 서울이 어떻게 변했으면 좋을 것 같나요? 좋은 아이디어가 있나요?

지코: 제 개인적인 바람을 하나 말씀드리고 싶어요. 예술을 하거나, 또는 지망하는 사람들이 작품들을 전시하거나, 직접 무대에서 공연할 수 있는 정기적인 플랫폼이 마련되면 어떨까요? 방송에서 오디션 프로그램도 많이 하지만 서울시는 조금 다르게 할 수 있을 것 같아요.

박원순: 어떻게 다를 수 있을까요?

제 주변에는 괜히 이유없이 악플을 다는 사람은
없어요. 그리고 저를 잘 알고 저와 오랜 관계를
지속하시는 분들은 절대 저에 대해 부정적으로
생각하지 않는다는 확신이 있어요.

지코: 방송이란 매체는 어쨌든 화제성을 배제할 수 없잖아요? 그래서 재미라는 요소가 없을 경우에는 출연이 어려워지는 상황이 많이 있습니다. 매체 특성상 어쩔 수 없는 부분이지만 서울시는 그러한 부분에서 조금 자유로울 수 있을 거라고 봐요. 개인들이 자신의 재능을 표현할 수 있는 무대가 많이 마련되고, 그것을 통해 수익을 내고 생계를 유지할 수 있으면 더 좋은 창작물이 나오는 선순환 효과가 있지 않을까요?

박원순: 서울시에 그냥 지원하는 프로그램은 있어요. 공원, 광장, 지하철, 아니면 관광객들이 모이는 장소에서 버스킹이나 마술 공연을 하는 프로그램인데, 서울시가 예술가들에게 일정한 장소를 정해주고 거기서 음악이나 공연을 하게 하고, 월급까지는 아니더라도 예술가들을 일정 부분 지원하고 있습니다.

지코: 아, 그런가요?

벌써 하고 있다는 말에 또 놀란 표정이다.

박원순: 그리고 이런 아이디어는 어떤지 지코씨가 한번 봐주세요. 예컨대 콩쿠르나 오디션을 서울시청 광장에 설치된 무대에서 진행하는 거죠. 청년 예술가들의 등용문이 되어주고, 각 예술가들을 지지하는 사람들은 온라인으로 생중계도 하고 잘하는 팀에게는 지원금도 좀 보내주고~.

지코: 우와, 그런 프로젝트가 제가 생각하는 그런 거였어요~.

박원순: 그럼, 혹시… 제가 방금 말한 이런 행사의 자문위원이나 심사위원으로 지코씨가 와주실 수 있으신가요?

지코: 저야 영광이지요~.

10년 후의 모습을 상상한다면?

박원순: 오늘 이렇게 얘기를 듣고 있자니 지코씨의 10년 후 모습이 궁금해지는데요? 지코씨는 10년 후 자신의 모습을 어떻게 그리고 있나요?

지코: 사실 제 미래에 대해서 '내가 성공을 해서 영향력이 커진다면 그때는 이런 저런 일을 해보고 싶다'며 구체적인 꿈을 가져왔었는데요, 지금은 조금 바뀐 것 같아요. 요즘에는 그냥 제 주변사람들과 함께 건강하고 행복하게 살고 싶다는 생각을 많이 갖게 되더라구요. 그게 꿈으로까지 반영이 되는 것 같습니다. 이것도 꿈이라고 할 수 있겠죠?

박원순: 물론이죠.

지코: 뜬금없는 소리 같지만 저는 제 주변사람들이 조금 더 행복했으

면 좋겠습니다. 다들 너무 힘들어하고 있어요. 제 친구들이나 주변사람들 모두가 다같이 행복하게 잘 살 수 있는 사회가 되었으면 좋겠습니다.

박원순: 오히려 현실적이고 구체적인 꿈이라는 생각이 드는군요. 너무 추상적으로 먼 미래를 고민하기보다는 내가 있는 현실 속에서 친구들과 함께 행복을 꿈꾸고 열심히 해나가는 것, 참으로 소중한 것이지요.

모든 인터뷰이들에게 하는 공식 질문!

박원순: 이제 준비한 질문이 거의 끝이 나갑니다. 아쉽진 않나요?

지코: 사실 너무 긴장해서 시간이 어떻게 간지도 잘 모르겠어요.

박원순: 지금부터는 이 릴레이 인터뷰의 고정질문이자 가장 어려운 질문이 나갑니다. 빠르고 간단하게 답변해 주시면 됩니다.

지코: 긴장되는데요?

박원순: 자, 지코에게 서울이란?

지코: 서울은 '품' 이다. 따뜻하게 감싸 안아주는 품. 내가 태어나고 자

라난 품이다.

뜻밖의 멋진 대답이 나왔다. 이 청년은 매순간 나를 감동시킨다. 나는 지코를 품에
안아주었다.

박원순: 박원순을 실제로 만나보니 어떤가요?

지코: 푸근한 느낌이다.

품과 푸근함, 두음으로 이어지는 절묘한 라임. 역시 지코는 지코다. 나는 다시 지코
를 품에 안아주었다.

박원순: 이제 진짜 마지막 질문입니다. 끝으로 하고 싶은 말은?

지코: 서울 파이팅!

박원순: 네~ 감사합니다. 오늘 지코씨를 만나 새로운 아이디어도 얻고, 힙합 인사도 배우고, 여러모로 제게는 의미있는 시간이 됐습니다. 시장으로서 공식석상에서 인터뷰를 받다가 이렇게 직접 인터뷰를 하는 것도 새롭고, 질문을 하면서도 자연스레 제 속마음도 터놓게 되네요. 지코씨의 매력에 푹 빠져서 그랬나 봅니다. 오늘부터 저는 지코씨의 진정한 팬이 됐습니다.

지코: 감사합니다. 저도 처음엔 긴장했지만 즐거운 경험이었습니다.

박원순: 지코씨, 오늘 함께해주셔서 감사합니다. 다음에 만날 때는 제가 진짜 래퍼가 되어 올게요, 사부님.

진짜 래퍼가 된다는 말과 함께 모두 즐거운 웃음과 박수로 늦은 시간에 진행된 인터뷰를 마친다.

인터뷰 며칠 뒤, 지코를 떠올려본다

옛날 중국 은나라의 수도인 은허에 소의 뿔이나 거북의 등껍질에 새긴 갑골문자가 남아 있는데, 그 뜻을 분석해보니 '요즘 애들은 못 쓰겠다'라는 내용이었다고 한다. 그때나 지금이나 기성세대들은 젊은 세대들에 대해서 안심을 못 한다는 말이다. 그런데 지코와의 인터뷰를 통해 조금 생각이 변했다. 우리가 젊은 세대들을 믿지 못하는 동안 우리 청년들은 우리가 생각하는 것보다 훨씬 더 깊은 고민과 미래에 대한 비전을 갖고 열심히, 치열하게 살고 있었다. 어쩌면 우리 어른들의 고민은 기우일지도 모르겠다는 생각마저 해본다.

특히 인터뷰하며 쉼에 대한 대화를 나눌 때 뒷통수를 쿵하고 맞는 느낌이었다. 내 인생 역시 누구 못지않게 쉼없이 달려온 인생으로 유명하다. 가졌던 직업만 해도 등기소장, 검사, 인권변호사, 시민사회 운동가, 그리고 서울시장까지. 내가 믿는 가치를 실현하기 위해 끊임없이 달리기만 했던 인생이다. 그러다 요즘 점차 일과 휴식의 균형에 대해 고민을 하고 있던 차에 지코를 만났고, 그와의 대화에서 작은 실마리를 찾은 것 같다.

어쩌면 인생에서 열심히 일하는 것만큼 중요한 것이 '잘 쉬는 것'은 아닐까? 나는 어릴 때부터 목표를 이루기 위해 쉬지 않고 달려왔고 그게 맞다고 믿었던 것 같다. 그러나 무조건 달리기만 하는 것이 아니라 가끔은 쉬면서 주위를 둘러보기도 하고 자신이 어디까지 왔는지, 그리고 앞으로 어딜 향해 가야 할지도 생각해보는 시간, 그런 시간을 가질 때 삶이 보다 풍요로워질 수 있다는 생각을 조금씩 하게 된다. 이번 인터뷰를 통해 조금은 그 해답에 가까워진 것만 같아 후련한 마음이다.

씬님, 아버님이 저랑 아는 사이라구요?

씬님

- 성명: 씬님(본명 박수혜)
- 직업: 뷰티크리에이터
- 소속: 다이아TV(CJ E&M)
- 특징: 유튜브에서 활동하는 최정상의 뷰티크리에이터로 팔로워가 130만이 넘는다. 재치 있는 입담과 솔직한 발언으로 성별 구분 없이 넓은 팬층을 보유하고 있다. 특히 최근 해외에서도 인지도가 높아지며 10만이 넘는 외국인 구독자수를 보유하고 있으며 점점 증가하는 추세라고 한다.

가끔 억울할 때가 있다. 사람들이 나와 손석희 사장, 그리고 노회찬 의원, 이렇게 셋의 외모를 놓고 자주 비교하곤 하는데, 이는 우리 모두 56년 동갑내기이기 때문이다(실제로 나는 출생신고가 늦은 55년생).

손 사장이야 워낙에 세상이 다 아는 동안이지만 노 의원과의 비교는 조금 억울한 면이 없지 않다. 마침 지난 촛불집회 때 그를 만났고 나의 이런 억울함을 시민들에게 이야기했더니 시민들은 내가 더 동안이라고 해줬다. 그랬더니 노 의원이 몹시 억울해 해서 왁자지껄 한바탕 웃었던 기억이 있다.

편집자가 이런 나의 억울함을 헤아린 것인가? 〈몰라서 물어본다〉의 두 번째 인터뷰이로 뷰티크리에이터 씬님을 섭외했다고 한다. 이참에 씬님을 만나면 나를 동안으로 보이게 만들 비법은 없는지 물어볼 작정이다.

제가 씬님을 어떻게 불러야 맞나요?

박원순: 반갑습니다, 씬님? 씬님님? 막상 인터뷰를 시작하려고 하니 호칭을 어떻게 불러야 할지 난감하네요. 이름이 '씬' 인가요, 아니면 '씬님' 까지인가요? 제가 부를 때 씬님이라고 해야 할지 씬님님이라고 해야 할지 헷갈리네요.

씬님: 그냥 '씬님' 이라고 부르시면 돼요.

박원순: 아~ 스님을 '스' 라고 부를 수 없는 것과 같은 이치군요. 누가 부르든 무조건 존칭이 붙여야 하는! (모두 웃음) 그나저나 왜 씬님이라고 지었나요?

씬님: 안 그래도 회사랑 계약서를 쓸 때도 그분들도 제 이름을 어떻게 적어야 되냐고 물어보시더라구요. 사실 이름에는 큰 의미가 없어요. 원래는 '씬'이었는데, 이게 발음이 세고 어려워서 그냥 '씬님'으로 정하게 되었어요. 그러니 다들 부르기도 편하고 저도 뭔가 존중받는 느낌이고, 서로 좋더라구요!

몰라서 묻습니다, 당신은 누구십니까?

박원순: 그럼, 이제 본격적인 인터뷰를 시작할까요? 제 첫 질문은 늘 이렇게 묻습니다. 진짜 몰라서 물어봅니다. 씬님은 어떤 사람입니까?

씬님: 저는 뷰티크리에이터입니다.

내 반응을 보더니 익숙하다는 듯 미소 짓는다.

씬님: 사실 제가 하는 일이 뭔지는 저희 아빠도 잘 모르세요. (웃음) 제가 하는 일은 흔히 크리에이터라고 부르기도 하고, 1인 창작자라고 하기도 합니다. 혹은 유튜버나 블로거로 불리기도 합니다. 저는 영상을 만들어서 유튜브라는 매체에 올려서 사람들과 소통하고, 그걸 통해 매출을 올리는 일을 하고 있습니다. 쉽게 말해서 유튜브 같은 온라인 세계에서의 연예인 같은 거예요.

박원순: (아직 제대로 이해가 안 된 표정으로) 음… 그럼 돈은 어떻게 버나요? 조사를 해보니 수입이 꽤 많다고 하시던데요? 혹시 불편하시면 대답을 안…

사실 조금 실례일 수도 있는 질문이라 조심스레 말을 꺼낸다. 그러나 그녀는 내 질문이 끝나기도 전에 대답을 이어간다. 표정에 당당함이 묻어 있다.

씬님: 아녜요 괜찮아요. 네, 많이 벌어요. (웃음) 유튜브로 어떻게 돈을 버냐고 저희 부모님도 많이 궁금해 하시는데, 유튜브 영상을 보면 앞에 대개 광고가 붙잖아요? 제 영상 앞에 붙은 광고 영상을 보면 1회당 1원 정도의 수익이 생기는 거죠. 아빠랑 얘기하고 있는 기분이 드네요~.

박원순: (조금 알겠다는 듯) 아… 한 사람이 보면 1원을 받으시는군요?

씬님: 네, 그게 작은 액수 같지만 조회수가 100만 정도 되면 100만원 상당의 수익이 생기는 거죠. 정확하게는 광고 유형에 따라 1회당 0.7원에서 1원 사이의 현금이 입금되요, 그것도 외화로. 만약 매일 100만 회 이상 노출되는 콘텐츠를 만들어내면 한 달이면 약 3천만 원의 수입이 생기는 거죠.

박원순: 와… 월 3천만 원의 수입이면, 웬만한 회사를 하나 갖고 있는 거나 마찬가지네요. 게다가 일반 기업과 달리 가게를 낼 필요도 없고,

비싼 원재료가 들어가는 것도 아니고. 대단하네요~.

씬님: 그렇죠. 이건 아이디어로 돈을 버는 거니까 나가는 비용이 그렇게 많지는 않죠.

사실 콘텐츠 산업이 성장하고 있고, 시장 규모가 크다고는 들었지만 정작 개인이 이 정도의 수익을 낼 수 있다는 이야기에 나도 모르게 입이 떡 벌어진다. 지금 굴뚝 없는 공장이 내 옆에서 웃고 있다.

어쩌다 뷰티크리에이터가 됐나요?

박원순: 그럼 어떻게 이 직업을 택하게 됐나요?

씬님: 지금은 이게 직업이지만, 처음부터 그랬던 것은 아니에요. 처음부터 직업으로 삼겠다는 목표나 전략 같은 건 없었습니다. 처음엔 그냥 취미로 시작했어요. 스무살 때 대학에 다니면서 블로그에 내가 산 화장품 자랑도 하고 리뷰도 하고, 이렇게 소소하게 이야기하다가 〈화성인 바이러스〉나 〈겟잇뷰티〉 같은 화제성 방송에 메이크업을 잘하는 사람으로서 몇 번 출연을 했습니다.

박원순: 그래서요?

씬님: 그러다보니 CJ에서 제안이 왔어요. 제게 가능성이 보인다며 영상을 제작해 보라고요. 처음에는 카메라 장비 같은 것도 없이 그냥 스마트폰으로 찍으면서 "안녕하세요, 여러분? 씬님입니다. 오늘은 친구 파우치를 열어볼게요." 이런 식으로 한 게 첫 시작이고 당시에는 편당 10만원에 CJ에 영상을 납품했어요. 그런데 이게 하다 보니 진짜 재미도 있고 용돈벌이도 되고, 그러다보니 결국엔 직업이 된 거죠.

박원순: 그게 중요한 것 같아요, 재미. 신나서, 재미있어서, 하고 싶어서 하는 것. 세상에서 성공하는 가장 좋은 요인은 자기가 좋아서 하는 것이거든요. 재미가 있으면 어떻게 새롭게 잘해볼까 싶어서 밤에 잠도 안 오고 그러는데, 억지로 하는 건 잘 안 되잖아요.

갑자기 박장대소를 한 씬님, 왜?

인터뷰를 하다 말고 씬님이 갑자기 박장대소를 한다. 평소 인터뷰 도중 내가 산으로 가는 것을 막기 위해 스태프들이 컨닝페이퍼를 몇 개 준비해 주는데, 씬님이 그 질문을 나보다 먼저 보고 웃음이 터진 것이다.

씬님: 아뇨, 연애를 왜 물어봐요? 우하하하하하하하!

살펴보니 "일 때문에 바쁜데 연애할 시간은 있으세요?" 가 질문이다. 나는 이런 것 좀 하지 말자며 핀잔을 줬지만 사심 품은 스태프가 독자들은 이런 걸 더 궁금해 한다며 너스레를 떤다.

저도 메이크업으로 동안이 될 수 있나요?

연애 이야기에 현장이 화끈 달아올랐지만 우린 또 가야 할 길을 가야 한다. 원래 오늘 온 목적이 있잖은가!

박원순: 그러면 쌘님이 뷰티크리에이터계의 개척자인 거지요? 그러니까 새로운 직업을 창조한 거네요. 음… 그럼, 보자….

막상 질문을 하려고 하니 쑥스러워서 입이 잘 안 떨어진다. 그렇게 머뭇하는데 그때 내 눈에 쌘님이 쓰고 온 모자가 들어온다. 사실 시작하기 전부터 저 모자가 궁금하긴 했다.

박원순: 그런데 아까 쌘님이 모자를 쓴 걸 보니까 아주 예쁘던데, 내가 한번 써봐도 될까요? 내가 원래 잘생긴 얼굴이 아니다보니 이런 모자 쓰면 좀 잘생겨 보일까 싶어서 그래요.

내가 쌘님의 모자를 쓰자, 사방에서 오오오~ 하는 탄성과 웃음소리가 들린다.

박원순: 어때요? 괜찮아요?

씬님: (영혼없는 말투로) 네. 잘 어울리시네요.

참 솔직한 친구다. 보통 인터뷰를 하다보면 내가 연장자다보니 가끔 너무하다 싶을 정도로 예의를 차리는데 씬님에게는 전혀 그런 모습을 찾을 수 없다. 오히려 그 모습이 더 진정성 있고 친근하게 느껴진다. 이래서 사람들이 좋아하는 건가?

박원순: 그러니까… 씬님은 뷰티크리에이터시니까… 저, 저를 한번 싹

변신시켜 줄 수 있나요…? 동안 메이크업 뭐 그런 게 있다고들 하던데….

씬님: 아… 어…. (곤란)

박원순: (혼잣말) 아, 가망성이 없는 거구나.

씬님: 아니, 화장을 두껍게 하면 완전히 다르게 보일 수도 있을 것 같기는 한데, 제가 저희 부모님도 화장을 안 해 봐서… 아! 그때 에스플렉스에서 한번 화장을 해드렸잖아요! (버럭)

벌써 나를 파악했는지 곤란한 부탁을 자연스럽게 넘어간다. 그리고 바로 기다렸다는 듯 스마트폰을 꺼낸다.

알고보니 씬님과 박원순은 특수관계?!

씬님: 시장님, 사실 저희 부모님 모두 공무원이예요. 저희 아빠는 서울시설관리공단에 다니시는데, 지금 직원분들과 지방에 출장을 가 계세요. 저희 아빠가 시장님과 영상통화를 하고 싶으시다는데, 괜찮으세요?

박원순: (놀라며) 아 그래요? 허허, 해도 괜찮을까요?

내가 머뭇거리는 사이 씬님은 스마트폰을 꺼내 영상통화를 시도한다. 신호음이 길어지고 묘한 정적이 흐르자 내가 말을 이어간다.

박원순: 아버님이 공무원이시면 딸의 이런 선택을 처음에는 잘 이해를 못 하셨을 수도 있겠네요?

씬님: 그런데 지금은 친척들에게도 제 자랑을 엄청 많이 하시죠. (흐뭇)

그 사이 통화가 연결되었는데 화면에는 여러 얼굴이 동시에 보인다.

씬님: 아니, 친구들에게 자랑하려고 다 불러 모았네! 아빠, 잠깐만. 짜잔~ 아빠의 최종보스를 소개합니다!

씬님의 아버지와 즐거운 대화를 나눈다. 다음에는 소주 한 잔 하기로 약속도 한다. 통화를 끝내고 씬님을 보니 싱글벙글이다. 이럴 때는 영락없이 귀여운 딸의 모습이다.

씬님: 아빠가 이런 걸 아주 좋아하세요.

박원순: 아버님이 되게 호쾌하시네요.

씬님: 제가 아빠 성격을 많이 닮았어요. 엄마는 조용한 성격인데, 아빠는 무대에 올라가 마이크 잡고 사회 보는 걸 좋아하시죠.

박원순: 피는 못 속이나 봅니다.

오늘따라 인터뷰가 옆길로 많이 샌다. 이제 본격적으로 뷰티크리에이터의 세계에 대해 파헤쳐보자!

뷰티크리에이터는 화장해주는 사람이 아니라고요?

박원순: 그나저나 혹시 출장 메이크업도 하시나요?

씬님: 출장비 많이 주셔야 하는데요? (웃음) 그런데 흔히들 저를 메이크업아티스트와 혼동을 많이 하시는데… 저는 메이크업아티스트가 아니라 뷰티크리에이터입니다.

박원순: 뭐가 다른 건가요?

씬님: 메이크업아티스트는 메이크업을 하는 과정에 보다 포커싱이 되어 있지만, 뷰티크리에이터는 메이크업도 해야 하지만 기본적으로 사람들이 어떤 것을 좋아할까부터 고민하면서 콘텐츠를 기획하고, 영상

촬영 및 편집 등 그 밖의 후반 작업까지 모두 할 수 있어야 해요.

박원순: 본질은 콘텐츠를 만드는 기획자란 이야긴가요?

씬님: 네, 기획자인 동시에 감독이기도 하고 배우이기도 하죠. 요즘 저에게 자신도 뷰티크리에이터를 하고 싶다며 화장법을 질문하는 친구들에게 화장법을 알려주는 대신 이렇게 대답해줘요.

"메이크업 기술도 중요하지만, 카메라나 조명, 마이크 등등 영상 콘텐츠 제작 전반에 대한 것을 공부해야 합니다."

박원순: 1인 다역이네요?

씬님: 저는 항상 이렇게 말합니다. 뷰티크리에이터란 메이크업이란 매개를 활용해 콘텐츠를 기획하고 제작하는 사람이라고. 일의 8할이 제작이거든요.

박원순: 으음, 그럼 일종의 종합예술이네요?

씬님: 생각보다 되게 많은 일들을 혼자 해야 해요. 예전에는 집에서 카메라로 찍고, 녹화하고, 파일 옮겨서 편집하고, 업로드하는 일까지 혼자서 다 했었어요. 그리고 일이 많아지면서 바로 친동생을 알바로 썼죠. 동생이 직접 화장품도 찾아주고 자막도 써주고 하다가 나중에는

또 사촌동생이 한 명 더 들어왔어요. 그렇게 한 명 한 명 늘어나다보니 현재는 8명으로 팀이 운영하고 있어요.

솔직히 설명을 듣기 전까지만 해도 뷰티크리에이터와 메이크업아티스트라는 직업이 뭐가 다른지 몰랐다. 씬님의 설명을 들으면서 두 직업 사이에는 화장이라는 행위를 공통점으로 삼고 있지만 그 행위가 향하는 본질은 다른 곳에 있음을 어렴풋하게 깨닫는 중이다.

그렇다면 대체 뷰티크리에이터에게 사람들이 열광하는 이유는 무엇일까? 그 이유가 새삼 궁금해진다.

씬님의 영상은 왜 인기가 많나요?

박원순: 그나저나 아까부터 많이 궁금했는데 참느라 혼났어요. 물어봐도 되나요?

씬님: 얼마든지요. 연애만 아니면! (풉)

박원순: 제가 듣기론 뷰티크리에이터도 많은 분들이 있다고 하는데 사람들이 왜 유독 씬님에게 열광하는 걸까요?

씬님: 흐음… 이유는… (고민) 앞서 말씀드렸듯이 저는 메이크업아티

스트라기보다는 뷰티크리에이터잖아요. 단순히 메이크업을 보여주는 게 아니라 다양한 내러티브 요소를 추가해 사람들에게 재미를 준 것 같아요.

박원순: 예를 들면요?

씬님: 콘텐츠 시작할 때 메이크업을 하는 장면이 아니라 내러티브의 설정부터 보여주는 거죠. 소개팅 화장법 같은 경우에는 방에서 뒹굴고 있는 장면으로 시작하죠. 또 아이돌 메이크업을 하면서 아이돌 춤을 췄고, 친구를 데려와서 의사처럼 분장을 하고 성형해주듯 화장을 해주는 등 스토리텔링적 요소들을 추가했죠. 콘텐츠를 보는 분들이 지루하지 않고 끝까지 따라오게 만들기 위한 노력을 했던 것 같아요.

박원순: 듣고 보면 참 창조적이고 혁신적인 생각인데, 그런 것은 누구한테 영향을 받은 건가요?

씬님: 아빠를 닮아서인지 원래 무대체질이에요. 그래서 콘텐츠 속에서 배우처럼 연기를 하는 걸 즐기죠. 그리고 남들 하는대로 하면 재미없잖아요? 그렇게 제가 좋아하는 걸 잘하기 위해 계속 고민하다 보니 그렇게 된 것 같아요. 평소에 연예계나 문화 콘텐츠도 많이 봤고요. 결국 성격과 축적된 경험, 성취욕 같은 것들이이 만들어낸 시너지 효과라고 생각해요.

익숙한 것에 대한 의심과 거부가 결국 그녀를 남다른 크리에이터로 만든 것은 아닌가 생각이 든다.

유명해지니 무엇이 힘들던가요?

박원순: 씬님을 보고 있으니 어느 날 자고 일어났더니 갑자기 유명해진 게 아니라 자신을 꾸준히 성장시킨 결과인 것 같네요. 그나저나 이제는 길에서 사람들이 많이 알아보지 않아요?

씬님: 유명한 사람이 되는 게 좋은 것만은 아니란 생각을 요즘 들어 자주 해요. 제가 영상에서, 또는 팬분들 앞에서 말을 할 때 '이건 해도 될까?' 하는 생각을 자꾸 하게 돼요.

박원순: 맞아요. 유명세가 생긴다는 것은 그만큼 사회적 책임도 함께 따라오는 법이죠.

씬님: 조금 이상하게 들리실 수 있는데요… 이걸 이렇게 말하는 게 좀 민망하긴 하지만… (머뭇) 저는 제가 셀럽인 게 힘들어요. 물론 시장님은 수퍼셀럽이시라 저보다 더 힘드시겠지만요.

박원순: 어떤 점이요?

씬님: 사실 저는 조금은 파격적인 언어를 써서 유명해진 사람인데 공인이 되면서 이런 것들을 하지 않아야 한다는 압박을 받게 돼요. 씬님이 씬님을 하면 안 되는 아이러니죠.

박원순: 씬님이 씬님을 하면 안 된다? 무슨 뜻이죠?

씬님: 예전에는 솔직하게 제가 느끼는 대로 말을 했어요. 예를 들어 "이 화장품 별로야" 이런 말도 막 하고 그랬는데, 이제는 제가 그런 말을 하면 그 화장품이 잘 안 팔리게 되고, 심한 경우에는 회사가 망하는 일도 생기고 하니까 주위에서 제게 이제는 말과 행동을 조심하라고 하시죠. 저도 그런 부분에서는 최대한 조심하려고 하는데요….

박원순: 그런데요?

씬님: 그런데 저는 직설적이고 솔직하기 때문에 사람들이 좋아하는 건데 씬님에게 씬님처럼 행동하지 말라는 말 같아서 혼란스러워요. 사람들이 좋아한 이유가 이것인데, 이것 때문에 나를 좋아해주는 사람들에게 제 솔직한 모습을 보이는 것을 조심해야 한다는 거니까… 아… 어렵네요….

박원순: 흐음, 그런 의미군요.

씬님: 그래도 이제 남들에게 영향을 끼치게 된 만큼 저 스스로도 그에

맞는 행동들을 하려고 노력하는 중입니다.

박원순: 씬님, 예전에는 붉은 색이 우리 사회에선 금기시되던 색이었던 거 아시나요? 그런데 2002년 월드컵 때는 모든 사람이 다 붉은색 옷을 입고 온동네를 뛰어다녔잖아요. 한마디로 모두가 다 빨갱이가 되었잖아요? (웃음) 그게 금기로부터의 해방이고 자유였다고 생각해요.

내가 내 입으로 빨갱이라고 말하니 앞에 있는 스태프들이 놀라는 눈치다.

박원순: 물론 자신의 자유와 창작을 위해 누군가를 괴롭히거나 상처를 주진 않아야겠죠? 그것만 지켜진다면 그 테두리 안에서 본인의 재능을 마음껏 펼칠 수 있지 않을까요?

씬님: 저도 더 많은 고민을 해 보겠습니다.

박원순: 그리고 혹시 씬님에게 문제가 생기면 제가 변론해 드릴게요.

씬님: 어떻게요? (웃음)

씬님은 내가 한때 잘 나가던 변호사인 걸 모르는 눈치다. 그러자 현장에서 지켜보던 한 분이 내가 예전에 변호사였다는 걸 알려준다. 도리어 내가 쑥스러워진다.

박원순: 아이~ 법정 변론 말고~~ (웃음) 사회적 변론은 제가 얼마든지

이제 남들에게 영향을 끼치게 된 만큼 저 스
스로도 그에 맞는 행동들을 하려고 노력하는
중입니다.

해 드릴게요.

왜 그렇게 통장 잔고를 열심히 보나요?

박원순: 씬님은 이제 셀럽이기도 하면서 동시에 한 회사의 사장님이기도 하잖아요. 직원이 생기면 힘들어지지 않나요? 아까 직원이 여덟 명이라면 월말만 되면 통장 잔고는 얼마나 남았나, 이런 고민 들지 않나요?

씬님: 당연히 있어요. 취미가 일이 된다는 게 꿈 같은 일이지만, 일이 되면서부터는 하기 싫은 일들도 해야 하거든요. 이제는 영상이 안 올라가면 직원들 월급 주는 것도 문제가 생기니까. 그래서 꾸준히 영상을 기획하고, 제작하고, 올려야 한다는 부담감이 커졌어요.

박원순: 저도 예전에 희망제작소를 운영하면서 직원들 월급 때문에 골치 아팠죠. 그리고 지금은 4만 7천 명에게 월급을 줘야 해요. 그래서 더 골치가 아파요. (웃음)

씬님: 그 중 한 명이 우리 아빠!

박원순: 하하하, 그렇네요~.

씬님: 개인일 때는 자유로웠지만, 셀럽인 동시에 사장이 되다보니 직원들 눈치가 보일 때가 있어요. 예를 들어 직원들을 불법으로 야근시킨다든가 함부로 대한다든가 하면 제 인성에 대해서 직원들이 외부에 이야기를 할 수도 있잖아요? (웃음) 그러다보니 최대한 챙겨주려고 하고 있어요. 그래서 사실 직원들도 친동생처럼 대해요. 직원들 입장은 직접 인터뷰를 해 보시면 알겠지만 저는 자신 있습니다!

박원순: 오오~. (감탄) 좋은 '사장님' 이군요.

씬님: 아무래도 책임감이 크죠. 제가 아프거나 쓰러지면 제 직원들 수입이 끊겨버리니까요.

박원순: 저도 그런 고민을 많이 하는데요, 같이 일하는 사람들과의 관계 속에서 씬님은 어떤 상사, 선배, 사장, 사람으로 기억되기를 바라나요?

씬님: 직원 중에 3명은 가족이지만 나머지 친구들은 원래 제 팬이었어요. 제 유튜브 채널을 통해서 공채를 했으니까요. 그래서 저는 제 팬이었던 직원들에게 계속 사랑받는 셀럽이 되고 싶어요. 비록 제 친동생과 사촌동생들은 저를 무지 싫어하고 있지만, (웃음) 그 나머지 직원들에게는 '사장님' 이 아닌 '씬님' 으로, 영원한 셀럽과 팬으로 남고 싶어요.

박원순: 그거 엄청 어려운 일인데? 가까이서 함께 지내다보면 특히나 더.

씬님: 맞아요. 그래서 저는 제 나름의 고민을 하고 있어요. 우선 저희 직원들에게도 늘 새로운 아이디어와 영감을 주려고 노력하는 편이에요. 그리고 재미있게 일하는 분위기를 만드려고 노력하고 있어요.

나도 매번 느끼는 일이지만 자신을 좋아하는 사람들과 가까이에서 일하는 것이 쉬운 일은 아니다. 그들에게는 나름의 환상이 있는데, 그것은 함께 일하다보면 깨질 수도 있는 부분이기 때문이다. 사람이기에 서로에게 기대도 하지만 실망도 하는 법이니까. 그러다 문득 나는 어떤 리더이고 시장인가 고민해보게 된다.

씬님의 앞으로 계획은?

박원순: 아까 하다가 만 생각이 있는데, 탈학교한 아이들에게 용기를 주고 싶은 프로젝트를 한번 해보고 싶은 생각이 늘 있어요. 그래서 저는 서울시와 씬님이 함께 이런 아이들에게 용기를 줄 수 있는 프로젝트를 한번 해보면 어떨까 싶어요. 씬님이랑 이렇게 이야기하면서 보니 단순히 화장으로 외모만 예쁘게 만드는 게 아니라 얼어붙은 마음을 녹여줄 수 있는 분 같아요. 말은 쎄게 해도 마음은 따뜻한. 그 요즘 말로 무슨 말이 있던데?

씬님: 츤데레??

맞다, 츤데레. 전에도 한 번 들었었는데 막상 떠올리려니 기억이 나지 않았다.

씬님: 안 그래도 저희 엄마가 교육청에 계셔서, 계속 저한테 강연 좀 오라고 부탁을 하세요. 그런데 일주일에 콘텐츠를 3개씩 만들다보니 시간이 별로 없어서 아쉬워요. 제가 강연하는 건 좋아하거든요. 대학 때 미술학원에서 선생님으로 일할 때도 애들 혼내는 걸 좋아해서 (웃음) 혼낸 제자들도 많은데, 아직까지 그 애들한테 연락이 와요. 밥도 사주고 이젠 같이 술도 먹고~.

박원순: 역시 제가 보는 눈이 정확했군요.

박원순: 이야기를 하면서 새롭게 생긴 궁금한 점이 하나 있어요. 뷰티 크리에이터란 직업의 수명은 어떻게 되나요? 씬님의 앞으로의 계획이 궁금합니다.

씬님: 저도 제 일을 하면서 가장 큰 걱정은 '이걸 언제까지 할 수 있을까?' 하는 거예요. 보통 연예인들도 마찬가지겠지만 당장 몇 년 정도는 어떻게든 돈을 벌겠지만, 10년, 길게는 20년 뒤에는 내가 뭘 하고 있을까 걱정을 하게 되더라구요.

박원순: 충분히 그런 고민을 할 수가 있죠. 저는 아직도 그런 고민을 하는데요?

씬님: 어, 정말요? 제가 하려고 하는 건 아카데미예요. 제가 뷰티크리에이터로 활동하면서 배운 것 중에서 가르쳐 줄 수 있는게 은근 많더라구요. 지금까지 쌓아온 노하우를 가르쳐주고 싶어요. 아카데미를 열어서 양질의 콘텐츠가 풍부해지는 데 도움이 되고 싶단 생각을 해요.

박원순: 좋은 생각 같아요. 자신의 경험과 노하우를 후배들에게 물려주는 일은 우리 사회의 발전을 위해서 꼭 필요한 일이죠. 저도 그런 쪽으로 관심이 많으니 고민 있거나 답답할 때는 언제든 연락주세요.

씬님: 아! 그러면 저도 시장님께 제안 있어요. 내년에 제가 컨벤션을 하나 기획하고 있는데, 뷰티크리에이터들이 모여서 팬들과 만나고 브랜드들과 만나는 행사를 기획하고 있어요. 아마 2018년 2월이나 3월쯤 있을 예정이에요.

박원순: 그 행사에 제가 팬 중의 한 명으로 내가 참석해도 되나요?

씬님: 그럼요! 저랑 콜라보 메이크업 한번 하실까요? (웃음) 아무튼 내년에 저는 아카데미와 컨벤션 같은, 사람들이 모일 수 있는 만남의 장들을 준비하고 있습니다. 크리에이터들이 온라인상에서는 자주 만나는데 오프라인에서는 만날 기회가 거의 없거든요.

박원순: 스케일이 확실히 다르네요. 기대해 봅니…

말이 끝나기도 전에 매섭게 채간다.

씬님: 시장님! 그럼 1억만 땡겨주세요~~~~~.

씬님이 벌떡 일어나 조르기 시작한다. 딸이 아빠에게 용돈 달라는 말투다. 자신도 자신의 부탁이 말도 안 되는 것을 아는지 웃음을 참지 못한다. 밉지 않은 친구다.

박원순: 내가 팬의 한 사람으로서 꼭 갈게요.

씬님: 그럼, 꼭 오시는 걸로 알겠습니다!

모든 인터뷰이에게 하는 공식 질문!

박원순: 이제 마지막 이번 프로젝트 〈몰라서 물어본다〉의 공식 질문 들어갑니다.

씬님: 기대해 봅니다.

박원순: 우선 씬님에게 서울이란?

씬님: 제가 살아가는 곳이자 떠나고 싶지 않은 곳이죠. 제가 하는 모든 것이 서울에서 이루어지고 있으니까요. 제 삶의 터전이자, 삶의 중심

이잖아요. 외국 친구들과 한국에 대해 얘길 나눠보면 대부분이 서울에 대해 이야기해요. 그만큼 대표성을 가지고 있다고 생각해요. 너무 당연한 얘긴가요?

박원순: '아빠 회사 최종보스'이기도 한 저를 실제로 만나보니 어땠어요? 씬님에게 박원순이란?

씬님: 흐음… 씬님에게 박원순이라…. 시장님은 아빠다! 사실 처음 만났을 때는 할아버지 같다고 생각했는데 대화를 하고 나니 할아버지가 아니라 아빠 같았어요. 한 20년은 젊게 느껴져요~~.

기분이 좋았다. 동안 메이크업은 받지 못했지만 심리 메이크업을 받았으니.

씬님: 그런데 사실 아빠랑도 이런 수준까지 이야기하기 쉽지 않은데, 시장님은 확실히 동안은 아니지만 '생각의 동안'이신 것 같아요. 인정!

박원순: 오~ 제가 오늘 씬님에게 '마음 메이크업'을 받고 가네요. 이제 진짜 마지막 질문. 저에게 하고 싶은 말 무엇이든 해주세요.

씬님: 1억만 땡겨주세요~~~~ . (모두 웃음)

씬님의 마지막 말에 풀고 있었던 긴장의 끈이 다시 바짝. 역시 끝날 때까지 끝난 것이 아니란 말이 괜히 나온 게 아닌 것 같다.

박원순: 성공하는 사람은 뭐가 달라도 다르네요~. 썬님 오늘 이렇게 제 인터뷰에 응해주셔서 감사하고요. 다음에는 우리 콜라보 영상 만들어 봅시다!

인터뷰 며칠 뒤, 씬님을 떠올러본다

얼마 전 만난 그는 솔직히 조금 의외였다. 개인의 성공담을 듣게 될 것이라 예상했는데, 그는 의외로 개인적 성공보다 동료를 배려하는 경영자로서의 성장에 대한 고민이 더 깊어 보였다. 그렇게 그를 통해 내 젊은 시절이 떠오르면서 동시에 '그렇다면 나는 지금 과연 어떤 리더가 되어 있나' 하는 질문이 함께 따라왔다.

검사, 변호사 시절 함께 일했던 동료들, 그리고 시민사회에 뛰어들어 함께 고생했던 동료들, 그리고 지금 서울의 변화를 함께 만들어 가고 있는 동료들까지 모두 주마등처럼 스쳐간다. 다들 일중독자인 나를 만나 고생 깨나 한 사람들이다.

'두 개의 심장, 세 개의 폐를 가졌다' 며 그들은 내게 하나같이 입을 모아 일도 적당히 해야 한다며 칭찬도 비판도 아닌 저런 말들을 하곤 했다. 그러나 나는 시골에서 농사를 지으며 우리 남매를 모두 출가시킨 부모에게 배운 대로 열심히 일하는 것이 최고의 미덕이라고 생각하고 살았고, 지금도 그 생각은 어느 정도 변함이 없다.

그러나 지난 7년 동안 '내 삶을 바꾸는 첫 번째 시장' 이 되고자 정신없이 달려온 지금, 잠시 멈추고 뒤를 돌아본다. 그 동안 시민의 삶을 나아지게 만드는 데 노력했다곤 하지만, 정작 이곳에서 나와 함께 얼굴 맞대며 일한 사람들의 행복에는 내가 얼마나 관심을 가졌던가? 반성과 함께 고민은 깊어진다.

산재된 이 고민들을 단번에 해결할 수는 없다는 것을 잘 알고 있다. 그리고 이는 혼자만의 노력으로 되는 것도 아니다. 사실 그래서 이런 프로젝트도 시작했고, 다양하고 새로운 이야기들을 들으러 다니는 것이 아닌가? 내가 미처 몰랐던 부분과 부족했던 부분에 대해서 안팎으로 다양한 이야기를 들어보고 있다.

그리고 이곳, 시청에서 동료직원들과 함께 그 답을 찾아가 보고자 한다. 열심히, 우직하게 내 길을 가는 것, 그것이 내가 가장 잘하는 것이지 않나.

시현씨, 이런 사진으로
민중을 만들수 있다고요?

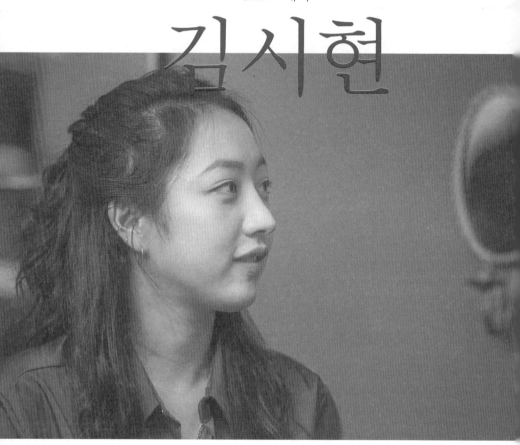

포토그래퍼

김시현

- 성명: 김시현
- 직업: 포토그래퍼
- 소속: 증명사진 전문 사진관 〈시현하다.〉
- 특징: 사진관 〈시현하다.〉를 운영하는 포토그래퍼 김시현은 틀에 박힌 사진
  으로 간주되던 증명사진을 작품의 영역으로 끌어올렸다는 평가를 받는
  다. 기존의 판에 박힌 증명사진들과는 달리 그가 찍은 사진을 보면 피사
  체가 어떤 성격을 지닌 사람인지 진짜 '증명'이 되는 것이 특징이다. 촬
  영예약을 하려고 해도 오픈하자마자 마감이 될 정도로 사람들에게 폭발
  적인 관심을 받고 있다.

오늘은 인스타그램으로 유명해진 사진작가를 만나러 간다. 바로 〈몰라서 물어본다〉 세 번째 인터뷰이 〈시현하다.〉의 포토그래퍼 김시현이다. 그런데 조금 의아하게도 그가 유명해진 이유가 증명사진 때문이라고 한다. 그에게 증명사진을 찍으려면 촬영 예약을 해야 하는데 30초면 마감이 된다고 하더라. 젊은 직원들은 〈시현하다.〉 촬영 예약이 수강신청보다 어렵다(?)고 하던데, 이것도 무슨 말인지 모르겠더라.

그러나 이번 프로젝트의 모토가 뭔가? 몰라서 물어본다! 모르면 찾아가서 물어보면 되지 않는가. 오늘도 일단 가서 왜 그렇게 사람들이 줄을 서서 사진을 찍으려고 하는지 물어볼 작정이다.

서울사람 다 됐네, 다 됐어!

박원순: 김시현씨, 만나서 반갑습니다.

김시현: 시장니이이임~~ 만나뵈서 너무 좋아요! 식사는 하셨어(↘)요 (↗)?

이 친구의 억양에서 친근한 느낌이 든다.

박원순: 네, 저녁식사하고 오는 길이예요. 그나저나 시현씨는 고향이

어디예요?

김시현: (살짝 당황) 왜(↗)요(↘)? 저 거의 티 안 나는 편인데….

박원순: 딱 들으면 알아요. 나야말로 중학교 졸업하고 서울 와서 살다 보니 이제 사투리를 안 쓰(↗)게(↘) 됐어요.

김시현: 사실 저도 이젠 거의 안 쓰는데… 티 안 나지 않나(↘)요(↗)?

박원순: 서울사람 다 됐네, 다 됐어! 하하하

우리 둘의 첫 대화에 사람들의 웃음이 터진다. 스태프들은 서로 사투리를 안 쓴다는 이야길 '사투리로 하는 게' 귀엽다며 둘 다 서울태생이 아닌 건 확실해 보인다고 한다.

몰라서 묻습니다. 당신은 누구십니까?

박원순: 그럼, 이제 본격적인 인터뷰를 시작할까요? 제 첫 질문은 늘 이렇게 묻습니다. 진짜 몰라서 물어봅니다. 김시현씨는 어떤 사람입니까?

김시현: 저는 사진관 언니입니다. 유명인이 아닌 일반인을 대상으로

사진 찍는 사람이고, 제 개인적인 생각이지만 대중과 가장 많이 소통하는 작가 중 하나가 아닐까 합니다.

박원순: 사진관 언니? 그럼 주로 어떤 사진을 찍으시나요?

김시현: 요즘은 증명사진을 찍고 있는데, 원래 증명사진은 파란색이나 하얀색 배경으로만 찍잖아요. 그런데 저는 노란색이나 분홍색같이 조금 파격적으로 보일 수 있는 배경색을 사용하는 증명사진 작가입니다.

박원순: 상당히 매력적인 증명사진이군요. 그나저나 이런 증명사진을 실제로 사용할 데가 있나요? 개인소장용인가요?

김시현: 보통 신분증이나 면접용 사진으로 다들 사용하시죠.

박원순: 그럼, 이 사진들로 여권을 만들 수 있나요?

김시현: 아뇨, 여권 사진은 흰색 배경만 됩니다. 주민등록증이나 운전면허증 같은 곳에는 쓸 수 있어요. 이력서에도 가능하구요.

스튜디오를 한 바퀴 둘러보는 내내 오랜만에 눈을 통해 신선한 자극이 들어온다. 사람들에게 익숙하고, 어쩌면 그래서 너무 평범한 증명사진을 이렇게 표현할 수 있다니.

30초 만에 마감, 이거 실화입니까?

박원순: 저도 사진을 찍고 싶어서 문의를 했더니 따로 촬영예약을 해야 한다면서요? 한 달에 딱 100명만 찍는데 그것도 30초만에 마감이 된다면서요? 이거 실화인가요?

김시현: (쑥스럽지만 당당하게) 그렇더라구요!

쑥스러워하면서도 눈빛에 당당함이 있다. 잘난 체가 아니라 자신감이 묻어난다. 그나저나 '이거 실화입니까?'를 얼마 전에 배웠는데 이제야 한번 써 먹어본다.

박원순: 장사가 잘 되는데 200명, 300명 받으면 되지 않나요? 물 들어왔을 때 노를 저으란 말도 있는데.

김시현: 사실 저도 그 부분은 고민 안 해본 것은 아니예요. 그런데 직접 해보니 하루 첫 손님부터 마지막 손님까지 모두 똑같이 잘해드리려면 하루에 10명 이상은 못 찍겠더라고요. 제가 딱 사진만 찍는 게 아니라 손님의 모습을 끌어내기 위해 대화를 많이 하는 편인데, 더 많이 찍으면 돈은 많이 벌겠지만 더 잘 찍어 드릴 순 없을 것 같아서… 그래서 하루 10명으로 제한하고 있습니다!

박원순: 일종의 품질보증제네요. 보통은 돈을 더 많이 벌 수 있는 길을 택하는데 그렇게 하지 않는군요.

김시현: 안 한다기보다 못 하는 거죠.

벌써부터 자기 원칙이 확실하다. 이미 어느 정도 유명세를 얻었으니 나쁜 마음을 먹으면 얼마든지 더 많은 손님을 받을 수 있을텐데. 왜 사람들이 굳이 저렴하지 않은 비용의 증명사진을 어렵게 예약해서 찍으려고 하는지 조금은 알 것 같다.

이런 사진으로 민증을 만들 수 있다고요?

박원순: 그나저나 어쩌다 이런 증명사진을 찍게 됐나요?

김시현: 흔히 증명사진이라고 하면 떠올리는 전형적인 것들이 있잖아요. 참하고, 올림머리 하고, 피부는 하얗고, 눈은 크고, 입술은 빨갛고 이런 사진들이잖아요. 그런데 저는 제 증명사진이나 이력서 사진은 그렇게 쓰고 싶지 않았어요.

박원순: 그럼요?

김시현: 저는 머리도 보라색이고 평소 튀는 걸 좋아해서 제 학생증 사진부터 일부러 장난스럽게도 찍고 그랬었거든요. 그래서 다른 사람들도 나처럼 개성있는 증명사진을 원하지 않을까 하는 생각을 하게 됐죠.

박원순: 본인의 개성을 보여주자?

김시현: 맞아요. 뻔한 사진이 아니라 나를 정말 증명해줄 한 장의 사진을 찍자고 한 거죠. 세상이 원하는 기준에 맞추기 위해 자신의 성격을 숨긴 사진이 아닌 진짜 자신을 증명할 수 있는 사진을 찍고 싶었어요.

박원순: 우리는 증명사진이라면 너무나 일반적인 보통 사진들을 생각하는데, 이건 일종의 발상의 전환이네요. 그런데 신분증에 쓸 사진에는 규정이 있지 않나요?

김시현: 그래서 저도 규정을 찾아 봤어요. 시장님, 저기 핑크색 친구 사

진 보이세요?

박원순: 이런 사진으로 민증을 만들 수 있다고요?

김시현: 저 사진도 규정에 맞춰서 찍은 거예요. 규정에는 입 모양에 대한 게 없거든요. 입이랑 눈썹에 관한 세부적인 규정이 없어요. 그렇다 보니 입이랑 눈썹도 자유롭게 움직여도 되거든요. 배경색깔에 대한 규정도 없으니까요. 저 친구는 결국 저 사진으로 실제로 주민증도 만들었어요. 멋있죠?

박원순: 오~ (감탄) 사진 한 장 한 장이 다 각자의 특색이 살아있네요. 나도 이런저런 표정으로 찍어보고 싶기도 하고, 배경색을 파란색으로도, 분홍색으로도 넣어서 찍어 보고 싶기도 하고~ 다양한 시도를 해보고 싶네요.

입을 뾰족하게 내민 사진이 눈에 들어와 그 친구의 표정을 따라했더니 김시현이 손사래를 친다.

김시현: 시장님~ 안돼요 그건. (웃음) 제가 아까도 말했다시피 가장 자신을 잘 드러낼 수 있는 것을 보여줘야 하는 게 제 작업의 핵심입니다. 시장님은 시장님이 보여주실 수 있는 걸 보여주셔야죠.

박원순: (아쉬운 듯) 난 저것도 멋있어 보이는데….

왜 굳이 '사진관 언니'가 되고 싶은 건가요?

박원순: 아까 얼핏 듣기로 '사진관 언니'가 되고 싶다고 한 것 같은데, 맞나요?

김시현: 네 맞아요. 지금은 아직 어리니 사진관 언니로, 조금씩 나이를 먹으며 사진관 아줌마, 사진관 할머니… 그렇게 불리고 싶어요.

박원순: 시현씨가 말하는 사진관이 우리가 아는 그 사진관 맞나요? 동네마다 하나씩 있는 동네 사진관?

김시현: 제가 어릴 때 저희 동네에 사진관이 하나 있었는데 저는 심심하면 거기로 놀러 갔어요. 사진관 사장님이랑 이런저런 수다도 떨고 걸핏하면 증명사진 찍어서 잘 나오면 좋아하고 잘 못 나오면 실망하고… 그런 것들을 반복했죠.

박원순: 일종의 놀이터였네요?

김시현: 그래서 저도 저 같은 친구들에게 놀이터이자 휴식처인 그런 사진관을 만들고 싶어요. 그들에게 친구가 되어주고 싶어요. 고향 사진관의 사장님처럼. 지금도 고향에 갈 때마다 그 사진관에 들러요.

박원순: 어릴 때부터 사진을 좋아했나 보네요?

김시현: 네, 제가 사진을 찍고 포토샵을 가지고 노는 게 취미였어요. 제가 학창시절 전학을 7번이나 다녔는데, 그때마다 새로운 친구들과 친해지기 위해 사진을 찍어주고 포토샵을 해줬어요. 어느 순간부터 친구들 프로필 사진은 전부 제가 찍어준 사진들이더라고요.

박원순: 그래서 대학에서 사진을 전공한 거군요?

김시현: 사실 처음에는 대학을 갈 생각이 없었어요. 제가 간디학교를 나왔는데, 그 학교는 수업시간 중에 "너는 어떤 삶을 살 거냐? 너에게 행복이란 무엇이냐?" 이런 질문에 고민을 해보는 시간이 많아요.

박원순: 아, 대안학교를 다녔군요. 저도 강의하러 몇 번 갔었어요.

김시현: 학교를 다니면서 철학적 사유를 많이 하게 됐어요. 그렇다 보니 행복에 대한 고민을 자주 하게 되더라고요. 제가 행복함을 느끼면서 잘할 수 있는 일을 떠올려보니 사진관을 하는 일이었어요. 내가 찍어주는 사진으로 사람들이 즐거워하는 모습을 상상하니 행복할 것 같더라고요. 그게 고2 때예요.

스스로를 창의력이 없는
아이라고 규정했다면서요?

박원순: 스스로 행복해지는 길을 찾다보니 사진관 언니가 목표가 됐다는 얘기네요? 그래도 보통 사진을 찍는다고 하면 사진관을 운영하는 것보다는 작품 사진을 찍거나 유명인 화보를 찍고 싶어하지 않나요? 아니면 조금 더 창의적인 창작 활동에 매진한다거나…?

김시현: 저는 제 스스로 '창의적이지 않은 아이'로 규정했던 것 같아요. 어릴 때 학원 선생님이 저보고 창의력이 없는 아이라고 하셔서

저도 그런 줄로만 생각했죠. 그래서 예술이나 창의적인 일은 못할 테니 사진 관련 기술을 배워서 사진관을 열고 증명사진을 찍을 거라고 생각했었죠.

박원순: 그러다 결국 대학에 갔네요?

김시현: 네.

박원순: 얘기한 대로라면 학문보다는 기술을 배우는 게 낫지 않나요?

김시현: 솔직하게 말씀드려야 되죠?

박원순: 으음, 불편하면 말씀 안 하셔도 돼요.

김시현: 아네요. 사실 제가 대학에 가지 않겠다고 말씀드렸더니 부모님께서 "안 가는 것이 아니라 못 가는 것 아니냐"는 식으로 말씀하셔서 발끈해서 갔죠. (웃음) 제가 또 이상한 데 승부욕이 발동해서. 그렇다고 사진관을 여는 꿈을 접은 것은 아녔어요. 막상 대학에 와보니 오길 잘했단 생각이 들더라고요.

박원순: 의외네요? 왜 그런 생각을 했어요?

김시현: 입학하기 전에는 조금 대학에 대해 부정적으로 생각하는 면도

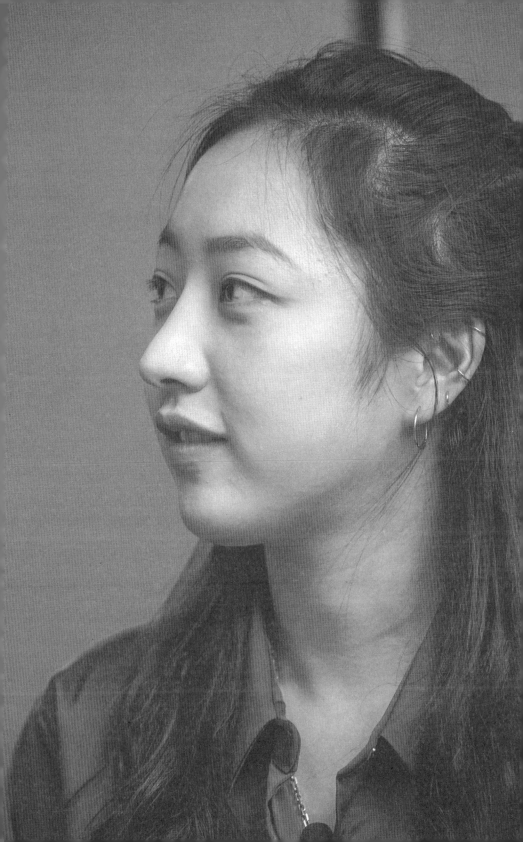

있었어요. 그런데 확실히 대학에 오니 주위에 사진에 관해 깊게 고민하고 토론할 자리가 많더라고요. 혼자 고민할 때와는 제 생각의 확장폭이 달라졌어요. 대학친구들과 사진에 대한 대화를 많이 하게 되고, 교수님들에게 영향을 받기도 하고. 확실히 환경이 주는 영향이 있더라고요. 그러면서도 점점 '증명사진도 하나의 예술이 될 수 있겠구나' 하는 확신이 생겼고요.

박원순: 시현씨는 세상 사람들의 눈에는 가장 소박하고, 가장 평범하고, 가장 단순한 길을 선택했는데, 오히려 그게 더 큰 길이 되고 꿈이된 거네요.

김시현: 아이고~ 그렇게 말해주시니 더 힘이 나는 것 같아요.

솔직하다. 보통 인터뷰에서 이런 흐름에는 회피하거나 애매하게 이야기하는데 자신의 고민의 흐름을 솔직하게 드러낸다. 보통사람들은 더 높이 올라가기 위해 노력하는데, 김시현은 오히려 사람들이 잘 가지 않는 곳으로 가다보니 거기가 더 높고, 특별한곳이 되어 버린 경우다. 그렇다면 그의 부모님은 무조건 그의 편을 들어줬을까?

사진관을 연다고 했을 때
부모님이 뭐라시던가요?

박원순: 그런데 부모님은 사진관 내는 걸 찬성하셨어요?

김시현: 많은 부모님들이 그러시듯 저희 부모님도 처음에는 반대하셨어요. 제가 증명사진을 찍을 거라고 하니 "사진을 찍고 포토샵을 할 거면 차라리 연예인 쪽으로 가라. 지금 사진관들은 망하고 있는데 왜 그걸 하려고 하느냐?" 하셨죠. 그래서 제가 시장조사한 것을 보여드리며 잘할 수 있다고 어필도 했는데도 설득이 안 됐어요. 결국 처음에는 부모님 도움 없이 혼자서 했어요.

박원순: 아 정말요? 겁이 안 나던가요?

김시현: 겁보단 어차피 잃을 게 없다 싶어서 신나게 했던 것 같아요. 알바를 해서 돈을 모으고 그 돈으로 지하에 있는 가장 저렴한 작업실을 마련하고, 그렇게 또 열심히 모아서 지금은 이렇게 지상에 있는 스튜디오를 열었죠! 독하게 마음먹고 하나부터 열까지 직접 발로 뛰어서 만들어낸 결과물이라 이 공간이 더 소중하게 느껴져요.

박원순: 이야~ (감탄) 처음에는 부모님 도움 없이 자력으로 했군요. 대단합니다.

김시현의 이야기를 들으면서 동시에 스튜디오를 쓱 훑는다. 다시 보니 공간이 새롭게 다가온다. 그의 피땀이 곳곳에 배어 있는 것 같다. 스튜디오에 걸린 사진 하나하나가 다르게 보인다.

제 얼굴의 주름에서 뭔가가 보인다고요?

박원순: 시현씨의 작품들을 보니 모델들이 전부 미남, 미녀들이네요. 일부러 그런 분들만 받은 거예요?

김시현: 아니예요. 모두 직접 신청하신 분들입니다. 그들이 그렇게 보이는 것은 단순히 예쁘다기보다 다들 자기 개성을 잘 표현하기 때문이라고 생각해요. 그런 의미에서 시장님도 제 작품의 모델이 되어 주시면 안 되나요? 제 프로젝트에 동참해 주세요.

박원순: 그런데 나는 미남이 아니라서, 허허.

김시현: 제가 보기엔 충분히 '미남'이신데요? 개성이 중요하지요, 시장님.

박원순: 절대 잘생겼다는 이야기는 안 하고, 개성이 있다는 이야기만 하는군요. (웃음)

김시현: 특히 시장님은 미소가 너무 좋아요. 원래 사람이 마흔이 넘어가면 그 사람의 인상에 인생이 남는다고 하잖아요? 시장님은 웃는 주름이 너무 예쁘게 잡혔어요. 그리고 거기에 시장님이 어떻게 살아오셨는지를 증명하는 것들이 담겨 있는 것 같아요. 그래서 제게 시장님

은 탐나는 모델이십니다!

박원순: 그런가요?

김시현: 아! 제가 오신 손님들에게서 배운 건데요, '내가 잘생겼다, 나는 멋있다' 이렇게 생각하는 자존감 높은 분들은 멋있게 보이더라고요. 예전에는 저도 겸손하게 "아닙니다" 이렇게 말했는데, 지금은 장난으로라도 사람들에게 "나 되게 예쁘다" 이렇게 말하고 다녀요.

박원순: 맞아요. 약간 오버(!)를 하더라도 자신감을 갖는 게 굉장히 중요하거든요. 제가 가끔 사람들에게 해주는 말이 있어요. "당신의 삶이 거대한 하나의 서사시가 되게 하라!" 큰 꿈을 가지고 스스로 '그렇게 될 수 있다'는 생각을 가졌으면 해서 얘기하고 다녀요.

김시현: 그럼 시장님도 스스로 잘생겼다고 생각하시면 되겠네요?

박원순: (속삭이듯) 솔직히 말씀드리면 저도 그렇게 생각하고 있어요.

순간 현장이 뒤집어졌다. 웃기려고 한 말이긴 하지만 막상 하고 보니 민망하다.

김시현: 그렇구나! 갑자기 급 멋있어 보이시는데요?

박원순: 부처님이 그러셨죠, 천상천하 유아독존이라고. 흔히 오해하는

데 이 말은 지만을 뜻하는 것이 아니라 모든 생명의 존엄을 얘기하는 말이에요. 우리 모두 소중한 존재라는 거죠.

김시현: 자기를 사랑해야 남도 사랑할 수 있다?

박원순: 이야~ (감탄) 맞아요. 하이파이브~.

김시현: 그러니까 이제 시장님도 미남이잖아요. 제 모델이 되어주세요.

김시현에 이끌려 사진을 촬영하기 위해 작업실로 이동한다. 묘한 설렘이 느껴진다. 원래 땀이 잘 나지 않는 체질인데 목덜미에 땀방울이 송글 맺힌다. 긴장과 기대감을 갖고 작업실로 이동한다.

포토샵을 한 사진이 원본이라고요?

좁은 작업실에서 그가 지시하는 대로 15도 정도 비스듬히 앉아서 정면을 바라보고 있다. 영 어색하다. 어정쩡한 포즈로 질문을 이어간다.

박원순: 사진을 찍다보면 정말 다양한 얼굴들을 보게 되는데, 그분들의 얼굴이나 표정을 보면 어떤 생각이 드나요?

김시현: 제가 이 일을 하면서 정말 많은 친구들이 자기 색깔이나 개성

을 보여주고 싶었구나 하는 생각을 가지게 됐어요. 정말 세상에 안 예쁜 사람은 하나도 없구나 싶더라고요.

박원순: 솔직히 정말 한 번도 못생겼다는 생각을 해본 적이 없나요?

김시현: 제 눈에는 모두가 아름답게 보여요.

박원순: 정말로요? 그래도 한 번 정도는 있지 않을까요? 아니면 지금 이 순간? (웃음)

김시현: 아니에요~ 시장님도 아름답습니다. 왜냐면 저에겐 포토샵 후가 보이거든요! (웃음) 저는 보정을 좀 중요하게 생각해요.

박원순: 그건 진정한 자기 모습이 아니지 않나요?

김시현: 시장님, 제가 질문을 해 볼게요. 거울에 비치는 모습이 원본이라고 생각하세요? 또 사진 찍으면 바로 보이는 보정 전 사진이 원본인가요? 그럼 그것들이 모두 시장님 진짜 얼굴이라고 생각하세요?

박원순: 흐음… 당황스럽네요. 일단은 그럴… 것… 같기는 하네요. 물리적으로 보면 그대로 찍은 게 원본 맞지 않아요?

예상외 질문에 살짝 말문이 막힌다. 그게 원본인 것 같은데, 저렇게 물어본 것에는 뭔가 이유가 있을 테니까.

김시현: 만약 그것들이 원본이라면 시장님이 저를 눈으로 직접 볼 때랑, 거울을 통해 저를 볼 때랑, 사진을 찍어서 볼 때랑 모두 같아야 하잖아요. 그런데 과연 그럴까요?

아직 무슨 말인지 감이 안 온다.

김시현: 예를 들어서 연인을 눈으로 직접 본다고 상상해 봐요. 우리는 지금 상대방이 너무 사랑스럽기 때문에 상대방 얼굴에 뾰루지가 났는지, 코털이 삐쳐 나왔는지 등 그런 것들을 굳이 보지 않잖아요. 그런데 카메라로 얼굴을 찍으면 그런 디테일을 다 잡아 내거든요. 그래서 사진으로 봤을 때는 내 눈으로 봤을 때 보지 못 했던 것들을 보기도 하죠. 그럼 어떤 것이 원본일까요? 우리는 누군가를 사랑하게 되면 더 예쁘게 바라보잖아요. 흔히 콩깍지가 씌었다고 하죠. 반대로 화가 나 있으면 상대방이 더 못나 보일 때도 있고요. 결국 예쁘게 나온 사진도, 못나 보이게 나온 사진도 전부 내 얼굴에서 비롯된 것이니 어느 특정 하나를 콕 집어 "이게 너의 진짜 모습이야" 라고 할 수는 없는 것 같아요.

박원순: 제가 맞게 이해한지는 모르겠지만, 시현씨의 말을 들어보니 우리가 원본이라고 칭했던 것들이 어쩌면 우리의 본질을 다 담고 있진 않다는 얘기로 들리네요. 하긴 실제로 사람의 얼굴이란 건 그날의 컨디션에 따라 바뀌기도 하고, 보는 사람의 감정에 따라서 달라지기

고 하지요. 빛의 세기에 따라 달라 보이기도 하고. 결국 절대적인 원본이란 건 애초에 없는 거네요?

김시현: 그렇죠. 제 사진의 보정은 그런 사랑의 콩깍지 같은 역할이라고 생각해요.

묘하게 설득력을 가지며 빠져든다. 과학적 사실 관계를 떠나 이 주장에 솔깃해지는 이유는 본인 안에서 많이 고민하고 단련된 언어들이기 때문 아닐까? 더 깊이 물어보고 싶어진다.

얼굴의 흉터를 지우지 않았다면서요?

박원순: 새로운 발견이네요. 그런데 만약 보정을 해서 사람들이 실물이랑 너무 다르다고 비판을 하면 어떻게 해요?

김시현: 그래서 저는 '뽀샵'을 너무 무리하게는 하지 않아요. 그리고 저는 기본적으로 같이 사진을 보며 상의하면서 함께 수정해요. 그 친구가 생각하는 본인만의 아름다움이 있고 제가 생각하는 아름다움이 있으니 그걸 하나로 만드는 작업을 하는 거죠.

박원순: 소통을 하는 거군요?

김시현: 네, 전 그게 저만의 차별점이라 생각해요. 보통 증명사진은

"30분 뒤에 오세요" 하고는 알아서 포토샵을 해서 주잖아요? 저는 전적으로 서로가 같이 공유하는 시간을 가져요.

박원순: 이야기를 듣다보니 정말 다양한 사연을 가진 고객을 만났을 것 같은데, 그분들 중에 특별히 기억나는 분이 있나요? 물론 개별적으로는 다 특별한 분들이긴 하지만.

김시현: 모든 분들이 다 기억에 남고 소중한데요, 가끔 제게 큰 울림이나 가르침을 남기고 가는 분들이 있죠.

박원순: 예를 들면?

김시현: 촬영을 마치고 보정할 때 제게 큰 가르침을 준 친구인데요. 저보다 어린 여자분이었어요. 얼굴에 흉터가 이마에서 볼까지 길게 있었어요. 저는 당연히 얼굴 보정할 때 그 흉터를 지우려고 했거든요? 그런데 그 분이 흉터를 지우지 않았음 하는 거예요.

박원순: 응? 왜요?

김시현: 흉터가 있는 얼굴이 본인의 얼굴이고, 본인은 그게 너무 좋다면서요. 그 순간 그분이 너무 아름다워 보이는 거예요. 솔직히 저라면 일상생활에서 신경 쓰일 정도로 되게 큰 흉터였거든요. 그래서 그 이후론 손님들 얼굴에 있는 작은 점까지도 다 물어보고 지워요. 그 점이

나 흉터도 그 사람에겐 다 의미나 사연이 있을 수 있으니까요.

박원순: 요새는 흉터가 있으면 수술해서 다 지울 수도 있던데, 그걸 드러내다니… 물론 쉽지 않은 시간을 견뎌낸 결과겠지만… 아무튼 대단한 분이네요. 시현씨도 뭔가 떵 하고 뒤통수를 맞은 기분이었겠어요.

김시현: 네, 저도 놀랐어요. 그래서 저도 다음에 오는 손님들한테는 얼굴에 점이 있으면 나름의 애드리브로 그 점들에 의미 부여를 해줘요. 예를 들면 "이 점은 북두칠성 같네요" 아니면 "은하수 같아요" 이렇게요. 그러면 그 점이 되게 예뻐 보이는 거예요.

박원순: 지금 저한테 하는 것만 봐도 충분히 잘할 것 같아요. (웃음)

한 사람의 인생을 변화시킨 거네요?

김시현: 또 얼마 전에는 웃을 때 한쪽만 입이 올라가는 손님이 있었거든요. 스스로도 한쪽만 웃는 모습을 싫어하던 손님이었는데, 제가 "웃을 때 되게 멋있게 웃는다"고 말해주니까 다음부터는 셀카로 자기 사진을 찍을 때도 꼭 그렇게 웃는 사진만 찍어서 올리더군요. 그 전에는 항상 안 웃고 찍었는데 이제는 그 모습도 좋다고 하더라고요.

박원순: 한 사람의 인생을 변화시킨 거네요?

김시현: 저야말로 칭찬의 소중함을 배운 계기가 됐죠.

박원순: 저도 오늘 시현씨를 통해서 간접적으로나마 작은 깨달음을 얻어 가는 것 같아요. 자기만의 것, 자기만의 세상, 자기만의 역사가 중요한 법. 구태여 남과 같아지려 노력할 필요가 없잖아요?

김시현: 그래서 저는 사진 찍을 때 배경색도 손님들에게 직접 정하시라고 권해요. 색깔이 정말 많거든요, 세상에는.

박원순: 본인의 표현하는 색을 본인이 정하는 것은 의미가 있겠군요. 그런데 저처럼 색이 담긴 의미를 잘 모르는 사람은 어떡하죠?

김시현: 그럴 땐 또 제가 배경색을 조언해 드려요. 손님들이 입고 온 의상 스타일이나 화장과 표정, 이런 걸 보면서 그들의 취향이나 잘 어울릴 색을 파악해서 도리어 제안을 드리기도 해요.

그의 철학을 엿볼 수 있는 대화를 주고받으며 사진 촬영을 이어간다. 내 표정이 어색한지 나를 웃게 하려고 끊임없이 칭찬을 던진다. 과하다기 보다 기분 좋아지는 말들에 저절로 미소 짓게 된다. 이런 것들이 눈에 보이지 않는 김시현만의 힘이 아닐까?

제겐 어떤 색이 어울리나요?

조금은 긴장됐던 촬영을 마치고 배경색을 고를 시간이다.

김시현: 시장님 스스로는 어떤 색깔의 사람이라고 생각하세요? 저는 오시는 손님에게 배경색을 직접 골라 오시라고 숙제를 드리거든요.

박원순: 나는 뭐, 그냥 뭐… 하하. (당황)

살면서 어떤 정책이 필요한지 고민은 많이 했지만 스스로 어떤 색깔의 사람인지 고민해 본 적이 없었기에 말문이 막힌다.

박원순: 나는 다양한 취미와 다양한 삶을 살아와서 하나를 선택하긴 쉽진 않은데… 음… 그래도 블루, 파란 계열이 좋은 것 같아요.

김시현: 파란색이요? 이유가 있으세요?

박원순: 어… 음… 이유를 말로 하려니까 어려운데… 그냥….

김시현: 더불어민주당! 민주당 색깔이라?

현장에 또 웃음이 퍼진다. 이렇게 인터뷰를 하면서 현장에 웃음이 많은 것도 처음이디.

박원순: 나는 바다색이 좋아요. 바다도 다 색이 다르긴 하지만, 정말 푸른 바다는 에메랄드빛이 나잖아요. 맑은 하늘의 색도 좋고.

김시현: 제 생각에 시장님은 나무 같은 갈색이 잘 어울릴 거란 생각을 했어요. 나무란 게 오랫동안 한 자리에 그대로 서 있어서 남들이 기댈 수도 있고 사람들을 달래주기도 하잖아요. 그래서 시장님께 어울리는 색은 어두운 갈색인 나무색을 생각해 봤어요.

박원순: 내가 좋아하는 색과 내게 어울리는 색은 다를 수가 있으니까요.

김시현: 제 경험상 본인에게 어울리는 색과 그 사람의 표정이 합쳐지면 시너지가 나더라고요. 자신을 진짜 증명해주는 증명사진이죠.

박원순: 그럼, 두 장도 찍어줄 수 있어요? (웃음)

김시현: 아뇨. 저는 증명사진은 한 포즈만 드려요. 저는 딱 한 장에서 나오는 힘이 있다고 생각해요. 그래서 오시는 손님들 중에 다른 사진들도 달라고 하시는데 정중히 말씀드려요. 저는 한 장으로 승부합니다.

박원순: 그럼, 색을 보여줄 수 있어요?

> "
>
> 제 생각에 시장님은 나무 같은 갈색이 잘 어울릴 거란 생각을 했어요. 나무란 게 오랫동안 한 자리에 그대로 서 있어서 남들이 기댈 수도 있고 사람들을 달래주기도 하잖아요.
>
> "

김시현: 컬러차트를 보여 드릴게요.

김시현: 제가 말씀드린 게 이런 나무 색인데, 저는 이런 색이 리버럴한 색이라고 생각해요. 일반적으로 연세가 있으신 남자분들은 피부톤이 좀 어두운 편이라 너무 밝은 배경색을 쓰면 얼굴이 더 어두워 보여요. 그래서 좀 더 차분하고 따뜻하고 채도가 높은 어두운 색이 얼굴을 살리거든요. 제가 고른 색은 이런 색들이고, 시장님이 말씀하신 에메랄드빛은 이런 색들이죠. 이런 색을 배경으로 쓰면 얼굴이 많이 어둡게 나올 거예요. 만약 꼭 블루를 원하신다면 짙은 남색을 하시는 게 좋을 것 같아요.

박원순: 그럼 시현씨를 믿고 직접 추천해 주시는 색으로 한번 해보지요.

김시현: 이제 가장 즐거운 뽀샵을 같이 하러 가실까요?

박원순: 아이고, 주름은 살짝 좀 지워주세요. 하하하

꽁깍지 썬 원본사진, 전격 공개!

김시현: 일단 주름을 너무 펴 버리면 시장님의 삶의 여정도 안 보이니까 피부 톤만 살짝 조정할게요. 그런데 시장님 너무 장난꾸러기처럼 나오셨어요~.

박원순: 내가 사실 어릴 때부터 동네에서 말썽이란 말썽은 혼자 다 부린 애였어요. 가족들도 못 말릴 정도로.

김시현: 진짜 인상이 너무 좋아요. 저희 아버지 다음으로 잘 생기셨어요.

그의 칭찬은 보정작업에도 멈추지 않는다. 타인의 기분을 좋게 만드는 힘이 있다. 영업왕이 되고도 남겠다.

김시현: 잔머리도 조금 정리하고, 수염도 밤이라 많이 자라셨네요. 제가 살짝 면도를 해 드릴게요. (쓱싹쓱싹) 짜잔~ 원본보다 좀 더 잘생

긴 원본입니다~. 제 눈에는 시장님이 이렇게 보여요.

박원순: 아까 시현씨가 말한 '꽁깍지가 쓴 원본' 이란 게 이런 거군요. 너무 마음에 들어요.

앞으로도 증명사진만 찍을 건가요?

박원순: 보정하는 과정이 재미있어서 제가 인터뷰하러 왔다는 사실을 까먹을 정도네요. 다시 본론으로 돌아가 볼까요? 시현씨는 앞으로도 증명사진만 찍을 생각이에요?

김시현: 저는 사진관이란 곳이 개인의 초상사진을 찍어주는 곳이라 생각해요. 보통 연예인들은 '스튜디오' 에 가지만 우리들은 '사진관' 에 간다는 말을 하잖아요. 그래서 저는 평범한 사람들이 오래오래 간직할 사진을 찍어주는 사진관 언니가 되고 싶어요. 사진 잘 찍는 아줌마가 되고 싶고, 할머니가 되고 싶어요. 그리고 최종적으로는 가족사진을 찍고 싶어요. 집집마다 걸려 있는 가족사진.

박원순: 가족의 변화, 성장을 담는 것도 의미가 있겠네요. 아이들이 자라고 손자가 생기고….

김시현: 그래서 그걸 잘 하려면 저도 계속 성장해야겠죠. 삶의 깊이가

깊어져야 좋은 가족사진을 찍을 수 있다고 믿어요. 그런 의미에서 저는 아직 멀었죠. 아직 주름의 의미나 삶의 깊은 감정들을 다 겪지 못했다고 생각해요.

박원순: 나 같으면 지금 장사 잘될 때 증명사진만 찍지 않고, 가족사진도 찍고 이것저것 다 할 것 같은데. 가족을 잘 찍으려면 가족의 마음과 그 세월의 무게를 다 이해해야 된다는 얘기죠? 마지막까지 제게 감동을 주네요.

김시현: 스물다섯인 제가 다 이해했다고 하는 건 거짓말이잖아요. 그러나 저는 계속 성장 중이니까 나중에는 누구보다 좋은 가족사진을 찍는 사진관 언니, 아줌마, 할머니가 될 거예요.

박원순: 이런 표현이 좀 외람될 수도 있겠지만 참 기특하단 생각이 드네요. 어떻게 이런 생각을 다 해요?

김시현: 제가 좀 잘 나가지고요. 아이고~ 죄송합니다~~. 이런 건 인터뷰에서 빼주세요. (수줍)

모든 인터뷰이에게 하는 공식 질문!

박원순: 이전 인터뷰들을 보셨으면 아시겠지만, 이 인터뷰의 공식 질

문이 있어요.

김시현: 네, 봤어요. 그런데 너무 어려워요~.

박원순: 그럼 질문 들어갑니다. 김시현에게 서울이란?

김시현: 정말 다양한 사람들이 있는 곳. 지방에 있을 때는 잘 몰랐던 것들을 서울에 와서 많이 알게 되었어요. 시골에서 온 제게 서울이란 너무 신기하고 다양한 공간입니다.

박원순: 저를 실제로 본 건 처음이잖아요. 김시현에게 박원순이란?

김시현: 사실 시장님을 예전부터 좋아했고, 책도 보고 했어요. 『세상을 바꾸는 천 개의 직업』? 그 책을 정말 좋아해요.

박원순: 감사합니다. 그런데 제가 출판을 많이 하는데 잘 팔리진 않아요. (웃음)

김시현: 워낙 높으신 분이라 마냥 어렵게 생각했는데 실제로 대화를 나눠보니까 '이런 분이 서울시장이어서 너무 안심 된다'는 생각을 했어요.

박원순: 오늘 제가 비행기를 너무 오래 탔군요. 그럼 이제 진짜 마지막

으로 하고 싶은 말은?

김시현: 이런 인터뷰 프로젝트를 하시는 것 자체가 놀랍고 신선했어요. 제겐 저~ 멀리 계셨던 시장님이 저를 인터뷰하신다니, 하고 있는 지금도 꿈만 같아요.

박원순: 아이고, 아니에요. 오히려 오늘 내가 많이 배우고 있어요. 요즘 이 프로젝트 덕분에 대단한 젊은이들을 만나면서 새로운 세상을 많이 만나고 있어요. 시현씨도 그분들 중에 한 분이구요.

김시현: 감사합니다!

인더뷰 며칠 뒤, 김시현을 떠올려본다

입신양명(立身揚名). 사회적으로 인정받고 출세하여 이름을 세상에 드날린다는 뜻이다. 젊은 날을 함께 보낸 친구들, 선배들, 후배들을 떠올려보면 입신양명을 지고의 가치로 생각하는 사람이 많이 있었다. 본인이 입신양명에 뜻이 없더라도 이름을 떨치는 이들을 동경하는 것은 이상한 일이 아니었다.

나 역시 젊은 시절에는 거기서 자유롭지 못했다. 그런 내 삶에 故 조영래 선배를 만났고 그에게 영향을 받아 삶의 항로를 변경했다. 결국 변호사를 관두고 개인이 아닌 공동체를 위한 가치를 실현하고자 했다. 그 가치를 실현하기 위해 열심히 살았고, 온힘을 다했다.

그 결과, 아이러니하게도 나는 지금 모두가 아는 사람이 되어버렸다. 입신양명을 바라고 산 것은 아니지만 결과적으론 그렇게 되어버린 셈이다. 그런 내게 선배가 초심을 잊지 말라는 당부를 하고 싶었던 것일까? 우연한 기회에 내게 김시현이란 젊은 친구가 찾아왔다.

내가 만난 김시현에게서는 '입신양명의 정서'를 느끼기 어려웠다. 많지 않은 나이에 벌써 큰 인기를 얻고 있는 예술가, 작가임에도 불구하고. 그는 세계적으로 유명한 작가로 성장하고 싶다거나 역사에 남는 사진을 찍고 싶다는 이야기를 하지 않았다. 사진관 언니로, 아줌마로, 할머니로 살며 늙고 싶단다.

또, 현재 운영하는 사진관 〈시현하다.〉가 자신이 바라는 이상적인 모습이 아니라고도 했다. 누구든지 아무 때나 찾아와서 여유롭게 시간을 보낼 수 있는, 느리고 한적한 소도시의 사진관을 원한다고 했다. 치열한 경쟁을 뚫고 나서야 만날 수 있는 포토그래퍼, 입신양명을 이룬 젊은 작가라면 더 높은 곳을 꿈꿀 줄만 알았는데 아니더라.

타인의 시선, 사회의 기준으로 성공을 재지 않고, 나만의 목표, 나만의 가치를 추구하는 김시현의 꿈은 어릴 적 나의 꿈과 닮아 있다. 그러나 지금 현실은 어떠한가? 이런 청년들이 자신들의 꿈을 실현하기에 적절한 바탕을 우리 어른들은 제공하고 있는가? 나는 이 청년들이 자신의 꿈을 실현시키는 데 얼마나 도움이 되는 일들을 했는가?

내가 스스로에게 자주 묻는 질문이 있다. 서울이 어떤 도시가 되어야 하고, 그 상황에서 난 어떤 선택들을 해야 하는가? 매번 답이 조금씩 다를 수 있지만, 오늘만큼은 청년들이 주위 사람과 자신의 삶을 비교하는 게 아닌, 자신만의 소중한 꿈을 키워나갈 수 있는 도시면 좋겠다는 생각을 했다. 그런 도시를 만드는 것이 내가 가진 작은 소명이 아닐까 마음 한 켠에 새겨본다.

진 감독, 족보 없는 드라마를 만든다고요?

감독 겸 배우

진경환

- 성명: 진경환(예명: 도루묵)
- 직업: 감독 겸 배우
- 소속: 72초(주식회사 칠십이초)
- 특징: 72초는 모바일에 최적화된 콘텐츠를 기획하고 제작하는 크리에이티브 그룹으로 기존의 방송 매체가 아닌 유튜브, 페이스북 등 다양한 동영상 플랫폼을 활용해 사람들에게 다가간다. 초압축 드라마로 유명한 〈72초 드라마〉부터 〈72초 데스크〉, 〈오구실〉 등 현실을 다양한 관점으로 담은 영상들을 통해 현재 합산 5,000만 회에 달하는 엄청난 조회수를 기록할 정도로 큰 인기와 주목을 받고 있다.

하루에도 스무 개가 넘는 일정을 소화하다보니 매번 일정에 아슬아슬하게 도착하게 된다. 기다리시는 분들의 소중한 시간을 낭비하지 않게 노력하지만, 매번 마음처럼 되지 않는다. 그런데 오늘은 하늘이 도운 것인지 교통상황이 수월해 30분이나 일찍 도착, 그리고 오늘의 주인공인 진경환 감독이 도착하기 전이다.

일찍 도착은 했지만 마냥 여유를 부릴 수 없는 것이, 오늘은 웹드라마라는 낯선 분야에 대해 이야기를 나눠야 하기 때문이다. 요즘 웹드라마가 '핫' 하다고는 하지만 내가 마지막으로 본 드라마가 〈별에서 온 그대〉이다 보니 그가 누구인지 전혀 모른다. 사실 인터뷰이가 누군지 모르는 것은 문제가 아닌데(매번 그래왔기 때문에) 인터뷰이가 활동하는 영역 자체가 내겐 너무 생소한 것이 조금 염려스럽다.

제가 할아버지를 닮아서 어려워졌다고요?

이런 저런 생각을 정리할 때쯤 진경환 감독이 늦어서 죄송하단 얼굴로 들어온다.

진경환: 시장님 안녕하세요. 늦어서 죄송해요. 차가 좀 막혀서….

박원순: 아녜요. 충분히 이해해요. 만나서 반갑습니다. 잠시 한숨 돌리세요. 차라도 한 잔 하실래요?

진경환: 바쁘신데 이렇게 저를 인터뷰를 다 해주시고….

박원순: 아네요~ 괜찮아요. 내가 남는 게 시간 밖에 없어요.

괜히 진 감독이 미안해 할까봐 너스레를 떨어본다. 막연히 떠올린 것과는 달리 세련된 인상을 주는 청년이다. 생글거리는 표정에서 조금 엉뚱한 면이 엿보인다. 인터뷰를 본격적으로 하기 전에 몸풀기로 이런저런 대화를 나눈다. 그러다 대뜸,

진경환: 시장님이 저희 할아버지 닮으셨어요. 그래서 뭔가 갑자기 좀 어려워졌어요.

박원순: (당황) 네?

확실히 엉뚱한 부분이 있는 것 같다.

박원순: 지난번에 만났던 씬님도 그 얘길 하더라고요. 처음에는 할아버지 같았는데 인터뷰 끝날 때쯤엔 아빠 같다며… 얼마 전에 시청 앞에서 씬님이랑 그 아버지랑 같이 또 만났어요. 행사 때 만났는데….

진경환: 아아, 제 얘긴 할아버지뻘이란 얘기가 아니라 저희 할아버지랑 외모가 닮으셨다고요. 저희 할아버지 젊으셨을 때 모습이랑 많이 닮으셨어요.

멋쩍게 웃는다. 내가 혼자 찔려서 괜한 소릴 했구나.

몰라서 물어봅니다. 당신은 누구십니까?

박원순: 그럼 본격적으로 시작해 볼까요? 항상 인터뷰 시작은 이렇게 시작해요. 몰라서 물어봅니다. 진경환 감독, 당신은 누구십니까? 오늘은 특별히 72초 안에 답변을 해주세요.

현장에 시작부터 웃음이 퍼진다. 내 애드리브가 먹혔다.

진경환: 음… 어… 아직 시간 안 가고 있죠?

박원순: 자, 시작!

진경환: 음… 저는 기본적으로 남들과 다른 방식으로 생각하는 걸 좋아해서, 지금 일반적으로 사람들이 생각하는 '족보 있는 결과물'이 아닌, 오히려 족보가 없는 새로운 형태의 콘텐츠를 만들고 있는 감독 겸 배우, 진경환입니다.

박원순: 족보가 없다라… 어떤 콘텐츠인지 궁금한데요. 사실 제가 일부러 안 보고 왔어요. 콘셉트를 유지하기 위해서!

진경환: 사실 제가 평소에 '특별한 생각을 해야지' 라고 하는 건 아니고 곰곰이 생각해보면 프랑스 문화에서 영향을 받은 것 같아요. 프랑스는 영화도 음악도 다양한 주제들이 만들어질 수 있는 토대가 있는 것 같더라고요. 아, 제가 프랑스어를 전공해서 파리에서 유학을 했었거든요.

박원순: 봉쥬~흐. (씨익)

진경환: 옷! 발음이 좋으신데요?

박원순: 제가 제2외국어를 불어로 했어요. 아무튼 그러면 시나리오도 직접 쓰나요?

진경환: 네, 직접 쓰기도 하고 함께 상의해서 쓰기도 해요.

박원순: 혼자 다 해먹네. (웃음) 다른 사람들은 어떻게 먹고 살라고~.

진경환: (수줍) 죄, 죄송합니다.

다시 현장에 웃음이 퍼진다. 나랑 쿵짝이 잘 맞는다. 더 정확히 말하면 잘 맞춰주는 것 같다. 역시 센스가 있는 사람이란 생각이 든다.

진경환: 사실 혼자 다 하고 싶어서 했다기보다 초기에는 배우를 캐스

딩하기가 어려웠죠. 이런 영상을 만드는 사람이 없었으니 선뜻 캐스
팅이 안 되더라고요.

박원순: 돈도 없으니까, 그죠?

진경환: 정확합니다. 그래서 자연스럽게 혼자 하게 됐습니다.

박원순: 그런데도 1,000만 뷰가 넘는 영상을 만들었다는 거죠?

진경환: 네, 그렇습니다.

박원순: 정말 부럽네요. 나는 책을 써도 항상 초판클럽에서 못 벗어나는데. 나도 뭔가 1,000만 명이 좋아할 만한 것을 만들 수 없을까요? 그러고 보니 서울시민이 1,000만이네요.

진경환: 책도 좋지만 다른 방법으로 사람들에게 이야기를 건넬 수 있지 않을까요? 그리고 그 방법은 유행이 아닌, 시장님이 가장 좋아하는 방법으로 하셨으면 좋겠어요.

내가 가장 좋아하는 방법이라… 짧게 소름이 돈다. 지나가는 말에도 힘이 실려 있다.

왜 하필 72초인가요?

박원순: 그런데 왜 하필 그 많은 시간을 두고 72초인가요?

진경환: 새로운 문법의 드라마를 만들고 싶었는데, 그래서 생각한 게 압축 드라마였어요. 그리고 이걸 편집해보니 대략 1분에서 2분 사이가 되더라고요. 70초에서 80초 정도가 가장 많았어요.

박원순: 그런데 굳이 72초로 한 이유가 있나요? 73초도 있고 77초도 있고 많은데….

진경환: 사실 72초는 크게 의미가 없어요. 70초대에 있는 숫자 중에서 가장 평범한 숫자를 고른 거예요. 발음도 해봤더니 부드럽게 읽히기도 하고. 특별한 의미가 없이 평범한 숫자를 고르다보니 72초가 됐습니다.

박원순: 그런데 확실히 시간이 짧으니까 경제적일 것 같아요. 짧다보니 시간도 비용도 많이 절약되지 않나요?

진경환: 사실 꼭 그렇지만도 않아요. 사실 시간을 압축할 뿐이지 찍는 내용을 다 풀어서 보면 1시간짜리로 만들 수도 있어요. 실제로 촬영하는 분량을 보면 보통 드라마와 비슷한 수고를 들여요.

박원순: 아, 보여지는 것이 짧다고 해서 들어가는 시간이나 노력이 적은 것도 또 아니군요.

진경환: 네, 맞습니다. 같은 내용을 압축시키는 거죠.

박원순: 어떻게 이런 생각을 하게 됐어요?

진경환: 사실 한국 드라마나 영화들을 보면 다 비슷하잖아요. 성공하

는 작품들을 보면 공식이 있다 싶을 정도로. 평론가들은 그런 걸로 비판을 하기도 하고. 그러다보니까 일반적으로 제작하는 공식이 아닌 조금 다른 방법으로 만들어 볼 수 있지 않을까 고민을 많이 했어요. 그런데 쉽지 않은 게, 제가 영상을 전공한 사람이 아니다 보니….

박원순: 오히려 전공하지 않았기 때문에 그런 발상을 할 수 있는 건 아닐까요?

진경환: 그런가요?

박원순: 기존의 틀을 벗어날 수 있으니까, 얽매이지 않으니까.

진경환: 아까 말씀드렸던 것과 같이 운이 좋았던 것 같아요. 조금 다른 방식으로 드라마를 만드는 실험을 했는데 타이밍이 잘 맞아서 요즘처럼 짧은 영상에 열광하는 분위기와 맞물린 것도 있고. 아무튼 많은 분들이 재밌게 봐주셔서 그 덕분에 지금까지 이 일을 계속 할 수 있는 것 같아요.

마냥 운이 좋아서 성공하는 사람은 없다. 설령 로또와 같은 행운이 오더라도 그것은 길게 가지 못한다. 겸손한 말 뒤에 단단한 자신감이 느껴진다.

사람들은 왜 진경환에게 열광하나요?

박원순: 제가 봤을 때는 운만으로는 이렇게까지 올 수 없는 것 같아요. 사람들이 진 감독에게 왜 이렇게 열광하는지, 솔직히 오늘 만난 김에 비법 하나만 털어놔 봐요~.

진경환: 그 정도까지는 아니라고 생각하는데 이렇게 말씀해 주시니 몸 둘 바를 모르겠습니다. 음… 아까 말씀드렸다시피 저는 평범한 것을 좋아하는데요. 그래서 그 평범한 것을 자주 관찰하고 오래 관찰해요. 그러다 보면 뭔가 재미있는 발견을 하게 돼요.

박원순: 아직 잘 모르겠어요.

진경환: 그러니까 되게 평범한 것들이 일상적으로 흘러가다가 어느 한 순간 맥락을 벗어나는 순간이 와요. 눈에 띄지 않게 잘 정돈된 평범함이 흐트러질 때 새롭게 느껴지는 거죠.

박원순: 예를 들면요?

진경환: 한 번은 그런 적이 있었어요. 지하철에 물건을 파는 분이 여느 때처럼 들어오셨어요. 우리 모두 흔하게 경험하는 일상인데, 어느 날 그분이 평소와 같이 물건을 파시다가 "아… 못 하겠다" 이렇게 혼잣

말을 하시다가 승개들에게 "그만 하겠습니다" 하고 힘없이 그냥 나가 시는 거예요. 그 순간이, 그 아저씨의 뒷모습이 뭔가 드라마나 영화처럼 느껴졌어요.

박원순: 그러니까 우리 주위에서 늘 있는 상황들이 갑자기 우리가 예측할 수 없는 상태로 변해버리면 신기하고 재미있다는 거죠?

진경환: 네, 그런 것들을 발견할 때 짜릿해요. 그리고 이런 경험들이 작품을 만들 때 재료로 쓰이는 것 같아요.

박원순: 하기야 저도 비슷한 경험을 한 적이 있어요. 제가 예전에 독일에 있는 한 고등학교를 갔어요. 지인의 초대로 개교 30주년 행사라고 듣고 갔는데, 이런 웬 걸…?

진경환: 왜… 왜요?

박원순: 갔더니 30주년이 아니고 29와 1/3주년 기념식을 하는 거예요. 29주년도 아니고 30주년도 아니고, 29년 하고 4개월이 지나서 하는 기념식이었어요.

진경환: 재미있네요. 되게 신선한 것 같아요. 저도 한 번도 생각 못해본 건데.

박원순: 발상 자체가 내겐 너무 충격이었어요. 그러다가 '왜 꼭 30주년 이어야 하지?' 하는 생각이 들더라고요. 나도 모르게 기존의 관행에 너무 파묻혀 있는 건 아닌가 생각이 들더군요.

진경환: 맞아요. 그런 생각들이 모여서 나중에 하나의 구체화된 드라마로 탄생되는 것 같아요. 시장님도 좋은 이야기를 만드실 수 있을 것 같아요.

통했다. 하이파이브!

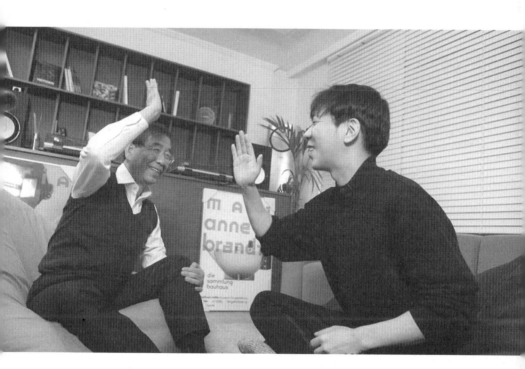

남들처럼 사는 게 더 어렵다고요?

박원순: 본인은 평범한 것을 좋아한다고 했는데, 대화를 할수록 확실히 평범한 것 같지는 않아요. 처음부터 이런 창의적인 생각을 많이 했었나요?

진경환: 그건 또 아닌 것 같아요. 그냥 평범하게 남들처럼 직장생활하면서 힘든 시기를 보냈죠.

박원순: 왜 힘들었나요?

진경환: 원래는 공연분야로 취업을 했었어요. 그런데 현실은 제가 생각했던 것과 너무 다르더라고요. 회사에서 제가 경험한 창작이라는 작업이 늘 똑같이 흘러가는 거예요, 패턴과 공식에 따라.

박원순: 그럼 더 쉽지 않아요? 공식에 잘 대입하면 성공할 수 있는 거 같아요?

진경환: 고백하자면, 사실 남들이 하는 대로 똑같이 따라하는 걸 잘 못해요.

박원순: 똑같이 하는 게 오히려 힘들다…?

진경환: 네, 기존의 문법대로 하면서 좋은 결과를 내려면 그걸 뛰어넘어야 하잖아요. 그러려면 진짜 죽도록 열심히 해야 하는데, 저는 그런 경쟁이 오히려 힘들어요. 뛰어넘는 걸 떠나서 그냥 남들과 똑같은 결과물을 만드는 것만으로도 그들보다 더 오랜 시간을 써야 할 것 같았어요.

박원순: 재밌는 얘기네요. 보통 사람들은 남들이 하는 대로 하는 게 오히려 쉽다고 생각하는데, 진경환 감독님은 그게 어려워서 독자적인 길을 찾다 보니 혁신이 이뤄진 거네요.

진경환: 그리고 회사생활이 즐겁지 않았어요. 그리고 10년, 또 20년 동안 이 일을 하고 살 수 있을지 막막했어요. 게다가 선배들을 보니 과연 내 인생이 앞으로 재밌을까 하는 걱정도 되더라고요.

박원순: 그래도 다른 사람들은 다 그렇게 살잖아요.

진경환: 앞서 말씀드렸다시피 전 특별한 사람이 아니라 남들이 하는 그걸 못 하는 사람인거죠. 그렇게 살 자신이 없었던 것 같아요.

타인보다 뛰어나서가 아니라, 남들만큼 잘할 자신이 없어서 자신만의 방식을 찾기 위해 고민했다는 이야기가 황당하지만, 어쩌면 혁신이란 것은 이런 고민에서부터 시작되는 것이 아닐까 하는 생각이 문득 스쳐간다.

72초 드라마는 '별그대' 만큼 재밌나요?

진 감독과 이야기가 깊어질수록 그의 작품 세계가 궁금해진다. 그가 만든 드라마는 내게 '별그대' 만큼의 감동을 줄 것인가? 자못 기대된다.

박원순: 드라마를 만들 때 주제나 설정 같은 것들은 어떻게 결정하시나요?

진경환: 어… 저는 사실 딱히 '남들이 좋아할 만한 이야기가 뭘까?' 하면서 주제를 정하진 않아요. 그럼 이참에 같이 보면서 얘기를 해 볼까요?

진 감독이 자신의 스마트폰을 꺼내 영상을 보여준다. 애인에게 팔베개를 해주다 팔에 쥐가 난 남성의 고민이 담긴 드라마라고 한다.

현장의 스태프들은 영상을 보면서 키득키득 난리다. 어떻게 반응해야 할지 살짝 난감하다. 집중을 해보지만 솔직히 잘 모르겠다. 내가 생각했던 드라마가 아닌 것만은 확실하다.

박원순: 음… 72초가 생각보다 기네요.

진경환: 이 영상은 딱 72초는 아니에요. 이거는 조금 더 길답니다.

박원순: (무미건조하게) 재미있네요.

진경환: 반응이 저희 어머니 보여드렸을 때랑 비슷하네요.

현장이 웃음으로 뒤집힌다. 촬영을 하던 스태프는 웃다가 뒤로 넘어간다.

어떻게 하면 사람들이 좋아하나요?

진경환: 시장님은 팔베개 해주다가 쥐난 경험 없으세요?

박원순: 나도 있지~. 난 다른 방법을 쓰지요. 아내에게 "물 마시고 싶지 않아?" 하고는 "물 가져다줄게" 하면서 쏙 뺀 적이 많아요.

진경환: 오! 상당히 괜찮은 방법인데요? 사실 저 영상은 '저 상황에서 팔을 어떻게 빼지?' 하는 고민을 하다가 만든 거예요. 전 이렇게 사소하고 평범한 일상 속에서 이야기를 가져오는 편이에요. 사소한 이야기를 살짝 비틀어 거기에서 재미를 찾으려고 노력하죠.

박원순: 그럼 사람들이 좋아하나요?

진경환: 잠깐 말씀드렸었는데 사람들이 좋아할 이야기를 하는 게 아니라 제가 하고 싶은 이야기에 대해 고민해요. 제가 생각하는 크리에이티브는 공감이고, 그 공감은 '다른 사람들은 어떻게 생각할까?' 를 고민한다고 해서 나오는 게 아니라고 생각해요. 내 안에 있는 생각들을 천천히 살펴보고 내 생각을 사람들에게 잘 정리해서 보여줄 때 공감을 얻을 수 있다고 생각합니다. 그게 제가 생각하는 크리에이티브이고, 작품을 만들 때 가장 중요하게 생각하는 부분이에요.

박원순: 그러면 감독으로서 서울시 홍보를 주제로 72초 드라마를 만든다고 하면 어떤 게 좋을까요? 정책이나 편의시설 같은 것들이 많이 준

비되어 있는데 이를 시민분들이 쉽게 알 수 있게 하고 싶어요.

진경환: 음….

박원순: …재미없을 것 같나요?

진경환: 아뇨~. 아까부터 계속 말했듯이 사람들이 뭘 좋아할까 고민하는 대신 시장님이 하고 싶은 것, 아니면 할 때 기분 좋아지는 것, 그런 것들을 드라마로 담으면 어떨까요? 정말 하고 싶은 이야기를 할 때 사람들에게 공감을 얻을 수 있다고 생각합니다.

뒤통수를 한 대 맞은 기분이다. 지난 김시현의 인터뷰 때도 그랬지만, 확실히 진 감독도 자기만의 세계가 공고하고, 그것이 옳든 그르든 자신만의 이야기를 진경환이라는 필터로 세상에 던진다. 그리고 이는 설득력을 가진다. 이렇게 짧은 언어로 정리되기까지 자신의 안에서 얼마나 길고 긴 고민이 있었을까, 그 고민의 흔적들이 엿보인다.

월급통장 보면 놀라신다고요?

양파껍질 같은 청년이다. 까면 깔수록 흥미로운 이야기가 쏟아진다. 이제는 그가 만든 회사가 궁금해진다.

박원순: 지금 회사에는 몇 명 정도 근무해요?

진경환: 50명 정도 되는 것 같아요.

박원순: 오~ 많네요? 직원들 월급은 안 밀리고 꼬박꼬박 주나요?

진경환: 네, 그렇습니다. 사실 저는 공동창업자로 회사에서는 크리에 이티브 디렉터를 맡고 있고요, 대표이사는 따로 있어요. 저랑 예전부 터 함께 프로젝트를 했던 형이 대표를 맡고 있어요. 저는 그 형에게서 월급을 받죠.

박원순: 그래도 수익이 상당한가 봐요? 직원들 월급 안 밀리는 게 쉽 지만은 않은데. 저도 예전에 직원들 월급 주는 날만 되면 통장 보면서 한숨 많이 쉬었어요. 본인 월급은 얼마나 돼요? 이런 거 물어봐도 되 나…? 허허허

진경환: 네, 대표님이 많이 주시더라고요. 통장 보면서 '이렇게나 많 이?' 하고 있습니다.

박원순: 나보다도 많겠네요?

진경환: 어… 그건 제가 나중에 한번 확인해 보겠습니다. (웃음)

의외의 답변에 현장에서 웃음이 디진다. 우리 때는 이런 이야기를 쉽게 하지 못했는데, 확실히 신선하다. 이 솔직함이 유쾌하게 다가온다.

박원순: (혼잣말)나도 직업을 바꿀까⋯ 허허허.

진경환: (불쑥)괜찮은 것 같아요. 시장님 마스크가 좋아요, 굉장히 좋아요.

박원순: 어? 그래요? 이런 이야기 처음 들어요. 감독님이 그렇게 말씀하셨으니 일단 맡겨만 주면 열심히 할 수 있어요. 먼저 현장 막내부터 조감독 등등⋯ 처음부터 주연배우는 힘들테니⋯ 단역으로 슬쩍 지나가는 사람 같은 거 잘할 수 있어요.

진경환: 사실 제가 요즘 생각하고 있는 작품이 있는데요. 서울시장 역할이 있어요. 제가 봤을 때 현재 대한민국에서 누구보다 이 역할을 잘하실 것 같아요.

박원순: 그럼, 드라마 주인공으로 뽑아주신다는 거죠?

진경환: 어⋯ 주인공이 하고 싶으셨던 거군요. (웃음)

민망함에 웃음이 터졌다.

왜 예명을 도루묵이라고 지었나요?

민망함을 날리기 위해 얼른 떠오르는 아무 질문이나 던진다.

박원순: 길거리에 나가면 사람들이 알아보나요?

진경환: 네, 알아봐 주시더라고요.

박원순: 우와~ 하기야 천만뷰니까! 왠만한 공중파 드라마 배우보다 더 유명할 것 같아요.

진경환: 배우가 본업이 아니어서 사실 조금 민망해요.

박원순: 아 그래서 예명을 따로 쓰는군요?

진경환: 네, 도루묵이라는 예명을 씁니다.

박원순: 도루묵? 그 생선…? 왜 도루묵이라고 지으셨나요?

진경환: 네. 제가 생각보다 소심한 편이에요. 처음 배우를 하고 본명을 쓰려니 뭔가 민망해서 오랫동안 이메일 주소로 썼던 도루묵을 예명으로 쓰기로 했죠. 도루묵의 유래를 아시겠지만, 은어라고도 불렸던 이 생선은 바라보는 관점이나 상황에 따라 특별해지기도 하고 하찮아지기도 하고… 이런 점들이 저를 가장 잘 표현한다고 생각해서 도루묵이라고 지었습니다.

박원순: 음, 결혼은요…?

진경환: 아직 못했습니다.

박원순: 이까 드리미에서 팔베개 헤준 사람이랑 사랑이 싹 트진 않았어요?

진경환: 연기는 연기일 뿐이니까요. 저분은 사실 JYP 소속의 전문 배우예요.

박원순: 아, 그래도… 잘 되면 좋겠는데~ 잘 어울려요.

진경환: 아 그럼 제가 말을 한번 잘 해보겠습니다. 시장님이 만나보라 하셨다고. (웃음)

또 한번 현장이 뒤집어진다. 매 인터뷰마다 그렇지만 오늘도 역시 현장에서 웃음이 끊이질 않는다. 유쾌한 청년과 함께 한 덕분인지 10년은 젊어진 것 같다.

모든 인터뷰이에게 하는 공식 질문!

박원순: 이제 슬슬 인터뷰를 정리해야 될 때인 것 같군요. 저희 공식질문이 있습니다. 첫 번째 질문, 진경환에게 서울이란?

진경환: 어렵네요. 너무 당연해서 평소 생각 안 해본 거라… 음… 저는 서울을 사랑하는 서울시민이고 서울에 있다는 것 자체가 좋아요.

박원순: 뭐가 그리 좋은가요?

진경환: 그게 시장님 때문인 적은 없었던 것 같고…. (웃음)

끝까지 짓궂은 친구다.

진경환: 그냥 유학을 해서 그런가 봐요. 파리에 있을 때 서울이 너무 그리웠거든요. 특별한 이유는 없지만 그냥 좋은 곳, 사랑하는 곳. 그게 제겐 서울이에요.

박원순: 연인 같은 거네요. 특별히 이유가 없는 사랑. 진 감독님에게 서울은 연인 같은 존재라고 하면 좋겠네요.

진경환: 오~ 캐스팅하겠습니다! (웃음)

박원순: 그럼 두 번째 질문입니다. 진경환에게 박원순이란? 실제로 만나보니 어떤 것 같아요?

진경환: 예상보다, 그리고 TV로 보는 것보다 훨씬 매력 있으십니다.

박원순: 진짜? 예의상 하는 말 아네요? (웃음)

말은 그렇지만 괜히 기분이 좋다.

진경환: 사실 얼마 전에 뉴스에서 시장님 소식을 접했는데 그때 호감이 됐어요. 복지박람회던가? 날씨가 추워져서 현장에 있는 사람들 추울까봐 준비해 간 연설을 직접 취소하셨다고. 저는 그런 결정을 하셨다는 게 너무 좋더라고요. 멋있으셨어요~.

박원순: 사실 밤새 고쳐가며 준비한 연설문이었어요. 제가 평소 중요하게 생각한 분야라서. 그런데 날씨가 너무 추워서 그 자리에서 읽어봤자 시민들 귀에는 안 들릴 것 같은 거예요. 그래서 그냥 올라가서 인사만 하고 내려왔죠.

진경환: 진정한 복지를 실현하신 겁니다. 현장에서 준비한 연설의 내용은 전달되지 않았을지 몰라도, 시장님의 복지에 대한 방향은 현장에 있던 사람들이 모두 느꼈을 거라고 봐요. 그게 제가 생각하는 평범한 속의 공감입니다. 초반에 말씀 드렸던 지하철에서 물건 팔다가 그냥 나가버리신 분, 그런 느낌이었어요.

박원순: 아이고, 감사합니다.

진경환: 그런데 오늘 실제로 대화를 해보니 유쾌한 모습이 꾸며진 게 아니라 진짜인 것 같아서 저도 인터뷰 내내 즐거웠어요.

박원순: 민망하니 빨리 진행하겠습니다. 마지막으로 저나 인터뷰를 보고 있는 분들에게 마지막 하고 싶은 말을 해주세요.

진경환: 하고 싶은 이야기를 하고 싶은 방식으로 하세요.

박원순: 확고하시네요. 그럼 진 감독님은 드라마 말고 하고 싶은 게 있으신가요?

진경환: 최근 들어 도전해보고 싶은 분야가 생겼어요.

박원순: 어떤 건가요?

진경환: 요리하는 사람이 되고 싶어요. 식당도 차려서 손님에게 대접하는.

박원순: 원래 요리를 자주 하시나요?

진경환: 네, 원래 요리하는 것을 좋아해서 집에서도 자주 요리하면서 스트레스를 풀어요. 40대가 되면 요리를 하고 있을 것 같아요.

박원순: 나중에 식당을 차리면 저도 꼭 불러주세요. 오늘 긴 시간 인터뷰 하시느라 고생 많으셨습니다. 이렇게 시간 내주셔서 감사해요.

진경환: 개인적으로 색다른 경험이었고, 유쾌한 시간이었어요. 저야말로 시간 내주셔서 감사합니다.

인터뷰 며칠 뒤, 진경환을 떠올려본다

소확행(小確幸), 소소하지만 확실한 행복이란 뜻으로 무라카미 하루키의 책에서 처음 사용된 말이라 한다. 내게 소소한 행복은 단연 집무실에서 시정과 관련된 기사나 정책을 위한 아이디어를 스크랩해서 사안별로 차곡차곡 정리하는 순간이다. 내게 이 순간이 행복한 것은 이루고자 하는 목표와 방향에 따른 기대되는 '내일'이 있기 때문이다.

그에 반해 요즘 유행하는 욜로(YOLO), 노말 크러시(Nomal crush) 같은 말들을 보면서 청년들의 답답한 현실에 대한 위안이 되는 말들이기는 하지만, 여기에는 '내일'에 대한 기대보다 '오늘'을 견뎌내는 것에 더 초점이 맞춰져 있는 것은 아닌가 하는 우려가 있었다.

여전히 서울시장으로서 시민들에게 내일을 꿈꿀 수 있는 도시를 만들어야 한다. 그러나 그에 못지않게 오늘을 행복하게 사는 법도 함께 제시해줄 수 있어야 한다. 그리고 이러한 생각은 진경환 감독을 만나고 난 뒤 조금 더 구체화 되고 있다.

그는 스스로를 '족보가 없는 콘텐츠를 만드는 사람'이라고 표현했다. 그리고 치열한 경쟁에서 이길 자신이 없어 자신만의 길을 간다고도 했다. 내가 느낀 그는 우리 사회에 만연한 경쟁에 대해 피로감이 있는 사람이었다. 자신을 객관적으로 봤을 때 남들과 같은 방식으로

겨루면 더 빠르게 떠거나 더 멀리 날아갈 수 없다고 했다. 그렇기에 그는 그 치열한 트랙에서 내려와 다른 방식을 찾았고, 자신만의 소통을 이어나갔다.

그렇게 그는 대중들과 자신만의 방식으로 대화를 시도했고, 사람들은 그에게 응답했다. 그가 만들고 출연한 영상이 1,000만 번이 넘도록 재생되는 동안 그와 시청자 사이에는 끊임없는 대화가 오고 갔을 것이다.

그 대화에는 행복과 성공, 사랑 등등 인생에 대한 그들만의 고민들이 담겨 있었을 것이다. 내가 그 영상을 보며 웃지 못한 것은, 다르게 말해서 내가 끝까지 그들의 대화에 끼어들지 못한 것은 성공이나 행복과 같은 가치들을 판단하는 기준이 서로 다른 곳에 있었기 때문은 아닐까? 시쳇말로 세대차이라고도 할 수 있겠다.

그간 스스로를 많이 열린 사람이라고 자평한 것이 민망해지는 순간이다. 그래도 이번 만남을 통해 나는 그 동안 성공과 실패의 기준을 어디에 두고 있었나 반문하는 시간이 됐다. 그렇다고 내 생각이 완전 바뀐 것도 명확한 답을 찾은 것은 더욱 아니며, 이는 쉽게 바뀌지 않는 것이란 것도 안다. 아직 갈 길이 멀다.

우리 나이쯤 되면 삶의 경계가 명확하게 굳어지고 새로운 것을 받아들이는 유연함이 떨어지는 것도 사실이다. 그럼에도 불구하고 귀를 열고 미음을 다해 이에 대한 답을 계속 구하는 것이 서울시장으로서, 정치인으로서, 그리고 선배 박원순으로서 해야 할 일이 아닐까 한다.

　퇴근길에 젊은 비서에게 물어봤다. "○○씨는 언제 행복해?"라는 질문에 "코인 노래방에서 1절만 부르고 꺼도 스스로에게 미안하지 않다고 느끼는 요즘이요. 돈을 벌면서 누릴 수 있게 된 작은 사치거든요 (웃음)"라고 답하더라. 무슨 말인지 이해는 못 했지만 생글거리는 그 친구의 표정만으로 충분했다.

아방, 왜 사람들을 못생기게
그리나요?

일러스트레이터

아방

- 성명: 아방(신혜원)
- 직업: 일러스트레이터
- 소속: 스튜디오 '위티앤로맨티'
- 특징: 자신만의 독창적인 스타일을 바탕으로 활발히 활동하고 있는 일러스트
  레이터다. 그가 그리는 인물들은 현실세계의 인간들보다 비대칭적이며
  불균형적인 모습을 가지고 있다. 언뜻 괴기스러운 느낌도 주지만 동시
  에 화사한 느낌을 선사한다. 스튜디오 '위티앤로맨티'를 운영하며 그림
  수업도 하면서 기업과의 협업도 꾸준히 진행하고 있다. 또, 그림과 여행
  등 다양한 일상에 대한 감성을 담은 출간 작업도 병행하고 있다.

■■■■

오늘 인터뷰는 일러스트레이터 아방이라고 한다. 원래 콘셉트 자체가 몰라서 물어보는 것이지만 인터뷰이들의 직업이 점점 더 낯설어진다. 그림을 그리는 사람인 건 알았는데 왜 화가라는 직업을 두고 굳이 '일러스트레이터' 라는 낯선 이름을 붙인 것일까? 그럼 디자이너와는 또 어떻게 다른 것인가?

평소 문화예술에 나름 관심이 많다고 느꼈는데 역시나 내가 알던 세상이 전부는 아니었다. 그래도 이런 기회를 맞아 또 하나 새로 알게 되면 되지 않겠는가? 그런 생각을 하는 동안 연남동 골목을 꼬불꼬불 돌아 일러스트레이터 아방의 스튜디오에 다다른다.

이름을 왜 아방이라고 지었어요?

스튜디오의 문을 열자 아방이 웃으며 맞아준다.

박원순: 아방씨, 아니 아방님? 만나서 반갑습니다. 박원순입니다.

아방: 어서오세요. 그냥 '아방' 이라고 부르시면 돼요. 시장님 밖에 많이 추우시죠?

박원순: 겨울은 겨울이네요. 그나저나 제가 인터뷰 전에 가장 먼저 물

어보고 싶은 게 있었어요. 아방이란 이름을 어떻게 사용하게 됐어요? 무슨 뜻이에요? 오면서 그게 궁금했어요.

아방: 아, 고등학교 때부터 별명이었어요.

박원순: 왜요?

아방: 주위에서 어벙하다고…. 부산에서는 '어벙하다' 를 귀엽게 '아방하다' 고 해요.

박원순: 어벙한 거 모르겠는데요?

아방: 저 많이 어벙해요. (웃음)

오늘도 현장은 웃음으로 시작한다. 이 프로젝트를 하면서 좋은 게 있다면 그 어디보다 웃음이 많다는 점이다. 그나저나 아방, 이 친구 독특한 매력이 있다. 요즘 말로 4차원의 냄새가 난다. 글솜씨가 부족해 그의 매력을 제대로 살리지 못할까봐 벌써부터 걱정이 된다.

몰라서 물어봅니다. 당신은 누구십니까?

박원순: 그럼 본격적으로 인터뷰를 시작해보죠. 시작을 알리는 공식질

문입니다. 몰라서 물어봅니다. 당신은 누구십니까?

아방: 저는 일러스트레이터 아방입니다.

박원순: 제가 잘 몰라서 그러는데요, 일러스트레이터가 그림 그리는 직업이 맞지요?

아방: 네, 맞아요. 지금 보시는 이곳의 그림을 제가 다 그렸어요.

스튜디오를 한번 쓰윽 둘러본다.

박원순: 그럼 화가라고 불러야 하지 않나요? 뭔가 다른 게 있나요?

아방: 그 경계가 명확하게 구분되어 있지 않아요. 솔직히 저도 잘 모르겠어서 '아는 화가 오빠'에게 물어본 적이 있어요. 저는 저 스스로를 화가라고 하지 않지만 그 오빠는 남들도, 본인 스스로도 화가라고 부르거든요. 아무래도 저보다 나이도 더 많고, 고민도 더 많이 해봤을 것 같아서!

박원순: 재미있네요. 뭐라고 하던가요?

아방: 그 오빠 말에 따르면 본인은 하나의 주제 의식을 뚜렷하게 잡고 그것을 굉장히 꾸준하게 작업물로 만들어낸대요. 그리고 그 주제 의

식이란 것은 일상에서 건드리기 어려운 문제인 경우가 많고요. 그런 문제의식을 그림으로 풀어내는 작업을 하는 사람이라고 스스로를 설명하더라고요.

박원순: 일러스트레이터는 그렇지 않은가요?

아방: 저희는 보통 기업의 작업 의뢰를 받고 그들의 요구에 맞추는 경우가 많죠. 아니면 굿즈 판매와 같이 처음부터 상업적 니즈에 맞게 작업을 하죠.

박원순: 그런데 제가 오래 본 것은 아니지만 이렇게 잠깐만 둘러봐도 아방의 작품들을 보면 본인만이 추구하는 세계가 있는 것 같아요. 개성이 확실한 느낌입니다.

아방: 오~.

그의 리액션이 일반 사람들과 확실히 다르긴 하다. 역시 4차원이 맞는 것 같다.

박원순: 회사의 요구에 맞추기는 하지만 그래도 본인만의 스타일을 살리면서 가는 거죠?

아방: 맞아요, 맞아요! 그래서 경계가 명확하지 않고 점점 더 흐려지고 있다고 말씀드린 거예요. 그 화가 오빠가 자신이 추구하는 바가 있는

것처럼 저도 그런 것이 있거든요. 예리하시군요? (웃음)

박원순: 하이파이브~.

아방: 제가 손목을 다쳐서 손바닥 대신 이렇게 주먹으로!

아방은 잘 나가는 일러스트레이터인가요?

박원순: 화가와 일러스트레이터가 어떻게 다른지 어렴풋이 알 것 같은데요. 그런데 아방은 어떻게 이렇게 잘 나가는 일러스트레이터가 됐어요?

아방: 저는 그렇게 생각하지 않아요.

급정색을 한다. 어디로 튈지 모르는 사람이다.

박원순: 네?(당황) 그렇게 생각하지 않는다는 말이 무슨 뜻인지…?

아방: 아, 저는 제가 유명하다고 생각하지 않는다고요.

박원순: 그래도 지금 경력에 비하면 작품을 사람들에게 많이 알렸고, 팬들도 있잖아요. 뭣보다 여러 기업으로부터 작업 의뢰도 많이 받는다면서요?

아방: 아… 아! 그건 그렇기는 한데… 음… 생각해보니 그렇네요.

급하게 수긍하는 그의 모습에 현장이 또 빵 터진다. 그와의 대화는 어디로 튈지 예측할 수 없는 재미가 있다. 보통 인터뷰를 하다보면 예상되는 답변이나 분위기가 있는 편인데, 그는 전혀 다르다. 어쩌면 4차원만으로 설명이 불가능할지도 모르겠다. 새삼 그의 작품 세계가 궁금해진다.

왜 사람들을 못생기게 그리나요?

박원순: 아방의 작품들을 보고 있으면 특이하다고 생각되는 게 있어요.

아방: 뭔가요?

기대에 찬 눈빛이다.

박원순: 이렇게 보고 있으면 썩 잘 그린 그림은 아니다?

살짝 실망하는 기색을 보이다 이내 익숙하다는 듯 답을 한다.

아방: 제가 그리는 인물들은 불균형적이고 비대칭적인 면들이 많아요.

박원순: 일부러 사람들을 못생기게 그리는 건가요? 사실 보통 사람들은 잘 생기고 예쁜 것들을 좋아하잖아요. 그런데 아방의 작품을 하나하나 뜯어보면 생김새도 좀 이상하고 '이게 뭐지?' 싶다가도 또 보다 보면 독특하고 묘한 끌림이 있어요. 대체 이걸 어떻게 설명해야 하죠? 제가 너무 모르고 막말하죠?

아방: 전혀요. 오히려 잘 보셨어요. 사실 자주 듣는 이야기거든요.

박원순: 그럼 왜 이렇게 그리는 건가요?

아방: '남들과 달라도 잘 살 수 있다!' 이런 메시지를 표현하는 거예요. 몸은 마르고 얼굴은 갸름하고… 뭐 이런, 미에 대한 일반적인 기준들이 있는데 저는 그걸 부정하고 싶었어요. 사람들이 선호하는 아름다움이란 것이 절대적인 것이 아니고, 이 기준에서 벗어나도 각자 행복할 수 있다는 이야길 하고 싶었어요.

박원순: 훌륭한 메시지가 담겨 있었네요. 안타깝게도 어떤 이들은 특정 기준에 미치지 못하는 사람들에게 차별을 하기도 하죠. 그런 차별을 없애는 게 제가 하고 싶은 일 중에 하나예요.

아방: 역시… 오늘 저랑 통하는 게 좀 있으시네요? (웃음)

참 해맑다. 지금까지 이런 인터뷰이는 없었다.

아방: 저도 누군가를 차별하는 것은 없었으면 해요. 제가 그린 세계에서는 보통 사람들과 다르게 생긴 사람들이 잘들 살아가거든요. 그들의 속마음은 아무도 모르고, 정작 그리는 저도 몰라요. 그렇지만 그들은 잘 살아가고 있어요. 얼굴은 무표정할지라도 전체적으로 색을 따뜻하게 쓰는 이유도 그들이 잘 살고 있음을 보여주기 위한 거예요.

박원순: 아, 그래서 그랬구나?

아방: 네?

박원순: 말해주기 전부터 뭔가 사람들이 무표정한데 행복해 보인다는 느낌을 받았어요. 그러고보니 보라라든지, 핑크라든지 따뜻한 색감들이 많네요. 게다가 거기 담긴 메시지까지 너무 마음에 드네요. 다르다고 소외시키고 심지어 미워하고 차별하고 그러면 아무도 행복해지지 않거든요.

아방: 시장님은 이해해주실 줄 알았어요, 하이파이브!

어떻게 하다 일러스트레이터가 됐어요?

본격적으로 그의 직업에 대해 파헤쳐 보려 한다.

박원순: 아방은 어떻게 일러스트레이터가 됐어요? 미대를 나왔나요?

아방: 네, 저는 디자인을 전공했어요.

박원순: 그럼 학교를 마치고 바로 일…일러스…레터, 에고 혀가 꼬이네요. 아무튼 일러스트레이터 활동을 시작한 건가요?

아방: 아뇨, 사실은 남들처럼 평범하게 디자인 전공하고 디자인 회사에 취직을 했어요. 그렇게 2년을 넘게 다녔는데….

박원순: 때려치웠군요!

아방: 3년이 되기 전에 회사를 나왔어요.

박원순: 이것도 저랑 비슷하네요. 하이파이브~.

박원순: 저는 검사를 했었는데 도저히 못 하겠더라고요. 검사 일이라는 게 사람 잡아 넣는 일인데 도무지 적성에 맞질 않는 거예요. 사람

들이 좋은 직업인데 왜 그만두냐고 말렸었어요. 아방의 직장은 괜찮은 곳인데 그만둔 건가요?

아방: 그냥 직장이죠. 세상에 괜찮은 직장도 있을까요?

박원순: 그럼 뭔가 야심이 있어서 나온 건가요?

아방: 야심이라기보다는 직장에 있으면 사장님이 시키는 일을 해야 하잖아요. 내 시간을 투자해서 그 일을 하고 그에 대한 대가를 받는 거잖아요. 결국 내 소중한 시간을 파는 것인데 그게 어느 순간 너무 아

깝다는 생각을 했어요. 월급이 아무리 좋아도요.

박원순: 그래도 퇴사라는 게 쉽지 않은데, 그만두게 된 결정적인 계기가 따로 있었어요?

아방: 그때가 제가 스물다섯 정도였는데요. 주변 언니들에게 많이 물어봤어요. 대체로 서른 전후의 선배들이었는데 그분들에게 "지금 회사를 관두면 처음부터 다시 시작하는 건데, 이 나이에 처음부터 다시 시작한다는 게 괜찮을까요?"라고 물었는데…

박원순: 물었더니?

아방: 열의 아홉은 응원을 해주시더라고요. 제 나이면 뭐든 할 수 있을 때라며. 그래도 저보다 인생을 더 산 사람들이 모두 말해주니 한번 믿어보자고 생각을 했어요. 그렇게 회사를 관두고 나와서 프리랜서가 됐답니다.

여기까지는 평범한 여느 직장인들의 퇴사기와 다를 바가 없다. 그러나 지금까지의 대화를 봐선 분명 그에겐 뭔가 독특한 이야기가 나올 것 같은데… 아무튼 그 포인트를 잡아내는 것이 인터뷰어의 사명 아니겠는가? 퇴사 이후의 생활에 대해 파헤쳐 봐야겠다.

퇴사하고 바로 유명 작가가 됐나요?

박원순: 나와서는 바로 승승장구했죠? 그림이 이렇게 개성 넘치는데!

아방: 전혀요…. 사실 엄청 힘들었어요. 퇴사를 고민하는 친구들에게 깊은 고민 없이 퇴사부터 하는 것은 무조건 말리고 싶어요.

박원순: 의외네요?

아방: 사실 저는 퇴사 전까지 그림을 제대로 완성해본 적이 없었어요.

박원순: 디자인 전공했다고 하지 않았어요? 미대의 일부잖아요.

아방: 일부이긴 한데 굉장히 달라요.

박원순: 아 맞다! 드로잉을 직접 할 필요는 없는 거죠?

아방: 네, 맞아요. 디자인과는 툴을 쓰죠. 그전까지 낙서만 해봤지 완성품을 만들어 본 적이 없었어요. 지금 돌이켜보면 그땐 정말 대책 없이 나왔던 것 같아요.

박원순: 그래서 무얼 먼저 했나요?

아방: 막상 나왔지만 막막하더라고요. 그래서 처음부터 시작하자는 의미로 그림을 완성해보는 일부터 했어요. 몇 달 동안 그림만 그렸어요.

박원순: 생활은요? 그림만 그리면 돈을 못 벌잖아요.

아방: 벌어둔 걸 까먹으면서 보냈죠. 그리고 몇 달 지나니까 그림이 좀 되더라고요. 그때부터는 시뮬레이션을 했어요.

박원순: 시뮬레이션이 뭔가요?

아방: 그림을 가지고 상품을 가상으로 만들어 보는 거예요. 예를 들어 제 캐릭터를 포토샵으로 스마트폰 케이스에 합성해 보기도 하고, 책 표지에 올려보기 했어요.

박원순: 일종의 카탈로그 같은 걸 만들어 본 건가요?

아방: 네 맞아요! 그래서 그 이미지를 큰 기대 없이 쇼핑몰 몇 군데 보냈는데 예상외로 반응이 좋더라고요. 그런데 큰일이 났어요.

박원순: 반응이 좋은데 왜 큰일이 났어요? 돈 벌 일만 남은 거 아닌가?

아방: 쇼핑몰에서 실제 제품을 보내달라고 했는데 상품이 없잖아요!

제품을 직접 만들진 않고 시뮬레이션만 했으니까요.

박원순: 아이고, 참 용감하다고 해야 하나 무모하다고 해야 하나… 그래서 어떻게 해결했어요?

아방: 그때부터 부랴부랴 공장을 이리저리 알아보고 해서 겨우겨우 만들어 냈어요. 그때 처음 만든 게 스마트폰 케이스예요.

박원순: 한번 볼 수 있어요?

아방: 예쁘죠? 이제는 비매품이에요.

박원순: 독특하고 예쁘네요. 나도 하나 갖고 싶네. 이런 걸 만들어서

온라인 쇼핑몰에 입점을 제안하고 돈을 벌 수 있군요. 이런 시장이 있는 것도 이번에 처음 알았네요.

이번 프로젝트를 하면서 부쩍 많이 느낀다. 내가 아는 것보다 모르는 게 더 많았다는 사실을. 회사를 관두고 프리랜서로 사는 것에 대해서 그는 과연 남들에게 추천할까 문득 궁금해진다.

회사를 관두지 말고 그냥 적응을 하라고요?

박원순: 그래도 이제 제법 유명한 작가가 됐잖아요. 학생도 많고, 의뢰도 들어오고. 요즘 아방의 생활을 보면서 주위에서 '나도 퇴사해서 아방처럼 되어야지' 하는 분들이 꽤 많을 것 같은데, 어때요?

아방: 많죠. 특히 제가 운영하는 드로잉 클래스에도 그런 생각을 하시는 분들이 꽤 있어요, 아니 많아요.

박원순: 그럼 관두고 나와서 잘할 수 있다는 용기를 주시나요?

아방: 솔직히 저는 회사를 다니라고 해요.

박원순: 의외네요? 본인은 아무 준비 없이 그냥 회사를 관뒀고 이렇게 잘 지내잖아요.

아방: 저는 솔직히 운이 좋은 경우라고 생각해요.

박원순: 그렇죠. 모두가 운이 좋을 순 없죠.

아방: 사실 저도 퇴사하기 전까진 사람들이랑 대화할 때 "하고 싶은 거 하고 살아야지, 한 번 뿐인 인생인데…" 이렇게 말했었는데요… 제가 어려움을 직접 경험해 보니까 이런 말을 쉽게 할 수가 없더라고요.

박원순: 그냥 직장을 유지해라? 적응하고 살란 이야기인가요?

아방: 무모하게 박차고 나왔는데 새로 하는 일은 제대로 안 풀리고 벌이가 안 돼서 회사로 돌아가는 분들을 많이 봤어요. 어떻게든 밥 벌어먹고 살아야 하는 현실적인 문제는 무시할 수 없는 매우 중요한 문제잖아요?

박원순: 맞아요. 생존이 달린 문제니까요.

아방: 주위에서 제게 상담을 해오면 저는 단호하게 함부로 퇴사하지 말라고 얘기해줘요. 대신 도저히 견딜 수 없다면 우선 각오를 단단히 하고 원하는 분야나 일이 있으면 따로 준비를 해보라고 말해요. 그렇게 하다 보면 맨땅에서 굶어죽을 위험도 감수할 수 있는 더 큰 각오와 믿음이 생길 수도 있거든요. 그때 그만두면 된답니다.

박원순: 생각보다 신중하시네요. 아티스트라서 자유분방할 거라고만 생각했는데.

아방: 당장 퇴사를 하는 것보다 우선 남는 시간을 활용해서 하고 싶은 일을 준비했으면 좋겠어요. 잠 좀 덜 자고 힘든 게 아무 것도 없이 거리에 나앉는 것보다 덜 힘들지 않을까요? 그런 노력을 통해 결과물을 만들고, 그 결과물로 자기 자신을 설득할 수 있다면 그때가 퇴사 시기라고 생각합니다. 그땐 자신감이 붙었을 테니까.

박원순: 감 중의 최고의 감은 자신감이다~.

아방: 그렇죠, 자신감!

지금은 이렇게 유쾌하게 말하고 있지만 말 속에 지난 시간들을 통해 견고해진 말의 힘이 느껴진다.

왜 아방에게 그림을 배우러 오나요?

박원순: 이야기를 하다 보니 저도 그림을 제대로 배워보고 싶다는 생각이 드네요.

아방: 평소에 그림을 좀 그리시는 편인가요?

박원순: 허허. 그런 건 아니지만 어릴 때 초등학교 다닐 때 그림을 잘 그려서 학교 대표로 대회도 나갔어요. 물감이랑 크레파스 살 돈이 없어서 늘 친구 물감을 빌려서 그렸어요. 그런데 매번 그럴 수는 없잖아요. 그래서 화가의 꿈을 접었어요.

아방: 지금이라도 꾸준히 하시면 되죠. 저는 숙제도 많이 낸답니다.

박원순: 아이고 숙제도 있어요? 그럼 난 안 되겠다. 그나저나 저처럼 그림 배우고 싶다는 분이 꽤 있을 것 같은데요? 주로 어떤 분들이 오시나요?

아방: 직업으로만 보면 직장인이랑 학생이 대부분이고, 특히 취준생들이 많죠. 그러나 그림을 배우러 오는 각각의 사연 정말 다양하더라고요.

박원순: 궁극적으로는 다들 직업으로 삼고 싶어서 오는 거 아닌가요?

아방: 그런 분들도 많지만 돈벌이보단 평생 즐길 수 있는 취미로 삼고 싶어서 와요. 그런데 공짜로 배우는 게 아니잖아요. 수업료를 내고 배우니까 다들 열심히 하시더라고요. 그러다보면 실력도 늘고, 특히 자신감을 얻어가는 모습을 보면 기분이 좋아요.

박원순: 자신감을 얻으면 더 열심히 하게 되는 법이죠.

아방: 맞아요. 그래서 또 실력이 더 늘게 되고. 그런 분들 중에는 일러스트레이터로 활동을 준비하시는 분도 있어요.

박원순: 그럼 학원 같은 개념인가요?

아방: 꼭 그렇지만도 않아요. 제 드로잉 클래스에 오는 또 다른 이유가 있죠.

뭔가 큰 비밀이 있다는 듯 싱글싱글 웃는다. 드로잉 클래스에 그림 배우는 거 말고 다른 목적으로 온다는 말이 호기심을 자극한다.

학생들이 귀찮게 한다고요?

박원순: 그림 배우는 거 말고요?

아방: 수업을 듣는 사람들이 친해질수록 저한테 점점 바라는 게 많아지거든요.

박원순: 네? (당황)

아방: 그림 그리는 게 가장 핵심이긴 한데요. 그에 못지않게 수다를 떨 거나 고민을 털어놓으려고 오시는 분들도 많아요. 1시간 40분 동안 수 업을 하는데요, 수업만 하면 지루하잖아요. 그래서 이런저런 이야기 도 하고 비 오면 막걸리에 파전 놓고 인생 얘기도 하고요.

박원순: 그러니까 일종의 커뮤니티가 형성된 거네요?

아방: 네, 그래서 〈아방이와 얼굴들〉이란 걸 만들었어요. 수업을 들을 수록, 실력이 늘수록 하고 싶은 게 늘어나잖아요. 전시도 해보고 싶 고, 엽서 같은 굿즈도 만들어서 판매도 해보고 싶고. 저도 그랬으니까 요. 그런데 그 친구들은 아직 그걸 단독으로 할 수 없으니까 저와 함 께 하는 거죠.

박원순: 아, 단독으로는 하기 힘드니까 아방의 힘으로 도와주는 거군 요? 후배들을 위해 길을 만들어주는 역할이네요. 훌륭합니다.

아방: 그 친구들이랑 같이 전시도 준비하고 굿즈도 만들어서 판매도 해요. 하고 싶다면 적극적으로 도와주려고 만든 모임이니까요. 보람 도 있고, 뭣보다 저도 즐거워요.

박원순: 혹시 '언리미티드 에디션'이란 행사를 알아요?

아방: 당연히 알죠.

박원순: 저도 거기를 다녀왔는데 정말 놀랐어요. 일민 미술관 앞에 사람들이 어마어마하게 줄을 섰는데 가봤더니 정말 아기자기하고 근사한 책들이 전시되어 있더라고요, 판매도 하고.

아방: 그런 행사가 더 많아지면 좋겠어요.

박원순: 안 그래도 제가 언리미티드 에디션 다녀와서 직원들한테 이야기를 했어요. 이런 행사를 가끔 여는 게 아니라 서울 시민들의 삶에 일상적으로 일어나는 일이 되면 어떻겠냐고요. 그걸 서울시가 지원해 줄 수 있는 방안에 대해 같이 고민해 보자고요. 저, 잘했죠?

아방: 그게 가능해요? 아 맞다…! 시장님이시죠…?

오늘은 인터뷰보다 수다에 가까운 느낌이다. 그리고 그는 내가 서울시장이란 걸 살짝 까먹은 상태인 것 같다.

어쩌면 개미보다 베짱이가 더 치열할 수도 있겠네요?

박원순: 친구들은 자주 만나요? 친구들은 다들 취업 준비로 정신없을 것 같은데. 지금 20대죠?

아방: 아… 30대…?

수줍게 손가락으로 3을 만들어 보인다.

아방: 제 친구들은 직장에서 아주 정신이 없죠. 딱 그럴 나이인 것 같아요. 자기 일만 하는 것도 아니고 후배들을 가르쳐야 하니까. 거기에 비하면 전 베짱이에요.

박원순: 베짱이? 그런데 아방은 겨울에도 따뜻하게 잘 먹고 잘 살잖아요.

아방: 베짱이는 겨울에 잘 못 먹어요? 음… 혹시 베짱이 겨울잠 자요?

〈개미와 베짱이〉를 빌어 이야기했는데, 전혀 모르는 눈치다. 역시 4차원!

박원순: 동화에 보면 베짱이는 매 놀기만 하고 겨울 준비를 안 해서 곤란을 겪잖아요. 개미가 도와주긴 하지만. 그러고 보니 아방에게 베짱이라는 말이 잘 어울리는 것 같아요. 베짱이가 연주하는 것처럼 즐겁게 일할 것 같아서.

아방: 딱히 그렇지도 않아요.

박원순: 하기야 고객들의 요구를 들어주는 게 재밌지만은 않겠네요.

아방: 오히려 그런 건 괜찮아요. 그보다는 스스로 자기 발전에 대한 강박이 심해요. 그게 저를 더 힘들게 하죠. 생각처럼 제가 잘 성장하지 못 하고 있다는 생각이 들거나 매너리즘에 빠졌다는 생각이 들 때 괴롭더라고요.

박원순: 어쩌면 우리가 그동안 베짱이를 오해하고 있었는지도 모르겠네요. 노는 것처럼 보여도 어쩌면 아방처럼 스스로를 채찍질하고 있었을 수도 있었는데. 더 연주를 잘하기 위해서! (웃음)

아방: 그래도 다른 친구들 얘기 들어보면 전 지금 제 생활이 더 좋기는 해요. 최근에 엄마랑 통화를 하는데 뭘 하냐고 물으시는 거예요. 그래서 당연하다는 듯이 "그림 그리고, 책 준비하는 거 있어서 글도 써야지~"라고 그냥 대답을 했죠.

박원순: 그런데요?

아방: 전화를 끊고 곰곰이 생각해 보니까 제 생활은 온전히 저를 위한 시간들로 가득 차 있더라고요. 그림 그리고, 글 쓰고, 이게 안 풀리면 책 읽고, 영감을 얻으려 영화도 보고, 그러다 졸리면 잠도 좀 자고. 모든 과정이 제 작업을 발전시키기 위한 일들이더라고요.

박원순: 이야, 정말 부럽다. 행복한 베짱이네요.

아방: 사실 그 과정에서 작업이 풀리지 않을 때 스트레스라는 게 저를 엄청 괴롭게 하지만, 그래도 스스로 생각했을 때 '나 너무 행복하게 산다'는 생각이 들었어요. 모든 책임은 제가 지지만 그만큼 자유로우니까.

박원순: 맞아요. 책임지지 않는 자유는 의미가 없죠. 제가 아는 한 소설가는 집에서 작업을 하지만 아침마다 정장을 차려 입고 침실에서 작업을 하는 방으로 출근을 한다고 하더라고요. 자기 관리를 위해 일부러 그렇게 한대요.

아방: 어! 저도 그래욧! 집이 투룸인데 작업실로 자전거 타고 가고 그래요!

박원순: 몇 바퀴 안 구르면 도착하는 거 아녜요?

아방: 아뇨, 한 바퀴…?

현장에 또다시 웃음이 터진다. 나 같은 필부필부들은 범접할 수 없는 세계에 그는 살고 있는 듯하다. 이미 그의 세계에 푹 빠져 있다.

내가 바로 서울시장이다?

박원순: 이렇게 대화를 하면서 사람들이 왜 아방의 그림과 작품 세계

를 좋아하는지 조금은 알 것 같아요. 혹시 괜찮으시다면 저를 모델로 그려주실 수 있어요?

아방: 얼마든지욧! 어렵지 않아요~

박원순: 역시 프로네. 당황할 줄 알았는데. 제가 그리기 쉬운 얼굴이 아니라서.

아방: 아! 그런데 제가 얼마 전에 따로 그려둔 게 있어요. 그걸 드릴까 요? 한번 보실래요?

박원순: 그럼요~ 영광입니다.

아방: 짜잔!

박원순: "내가 바로 서울시장이다"라고 써있네요. 하하. 그런데 안경이 없어요.

아방: 아! 맞다! 안경! 지금 바로 그려드리면 돼요. 보자… 네모진 안경이네요? 이렇게 쓰윽 그리면 됩니다.

아방: 인경을 그려 넣었더니 눈 밑에 주름이 가려져서 더 젊어지셨네요? 너무 젊게 그렸다!

박원순: 내가 봐도 이건 너무 젊다. 주름 좀 넣어주세요. 하나만~(웃음)

아방: 벽에 걸 수 있도록 집게를 같이 드릴 테니까 잘 걸어두세요.

박원순: 고마워요. 잘 걸어둘 게요. 닮았다기보다는 색감이나 그림에서 풍기는 분위기가 너무 착하고 예쁘네요. 기분이 좋아지는 그림이에요. 진짜 내가 아방의 제자가 돼야겠네. 수강료가 얼마라고요?

인터뷰보다 수다에 가까운 우리의 대화가 슬슬 끝으로 달려가고 있다.

모든 인터뷰이에게 하는 공식 질문!

박원순: 오늘 개인적으로 인터뷰를 하면서 이렇게 수다 떠는 것 같은 날은 처음이었던 것 같아요. 이제 슬슬 마무리 질문을 하려고 합니다. 자, 아방에게 서울이란?

아방: 음… 저에게 서울은… 플랫폼인 것 같아요.

박원순: 어떤 의미에서?

아방: 저는 서울에서 태어나지 않았잖아요. 대신 제 꿈을 이루기 위해 선택한 곳이죠. 필수가 아닌 선택한 곳이란 의미에서 플랫폼이라고 생각도 들고… 또, 서울에서 다양한 것들을 느끼고 배우고 흡수하고 이걸 토대로 재생산을 할 수 있다는 의미에서 플랫폼인 것 같아요. 쉽게 말해서, 많이 먹고 내뱉을 수 있는 공간. 그리고 여기엔 저의 활동을 봐주는 분들도 있고.

박원순: 아방에게 서울의 매력은 다양성과 관련이 깊군요. 저도 여기에 크게 동의를 하는 게, 고층빌딩과 신축 아파트만 가득하게 도시를 만들어버리면 다양성이 사라지잖아요. 그러면 더 이상 새로운 것들이 탄생하기 어려워진다고 생각해요.

아방: 맞아요. 영감을 받아야 하는데 그런 것들이 사라지게 되면….

박원순: 새삼 도시의 다양성에 대해 생각해 보게 되네요. 그리고 저랑 이야기해보니 오늘 어땠어요?

아방: 예상했던 것보다 저랑 통하는 부분이 많은 것 같아요. 제 이야기를 잘 이해하시는 것 같았고, 무엇보다 제 그림에 대해서 이렇게 깊이 느끼는 부분에서 조금 놀랐어요.

박원순: 그렇게 말해주니 고맙네요. 사실 나이가 들수록 이해의 폭이 줄어들더라고요. 그러지 않으려고 노력을 해요. 그래서 이런 인터뷰

도 하리 다니는 거고요.

아방: 솔직히 저는 시장님이랑 이렇게까지 통할 줄 몰랐어요.

박원순: 아빠 세대니까.

아방: 맞아요. 그래서 아버지 세대기도 하고 시장님은 공무원, 정치인이시니까 잘 통하지 않을 거라는 고정관념 같은 게 있었나 봐요. 그런데 오늘 완전 대박! 그런 게 전혀 없었어욧! (웃음)

박원순: 저도 오늘 너무 즐겁고 흠뻑 빠지는 대화였어요. 자 그러면 이제 마지막으로 나에게 하고 싶은 말이 있다면 뭐든 해 주세요.

아방: 시장님의 이런 시도 자체가 신선하고 재밌는 것 같아요. 이렇게 다양한 분야의 사람들을 만나고 그들의 이야기를 듣고, 또 다른 이들에게 전해주면서 사람들이 다양한 꿈을 꿀 수 있게 하는 데 도움이 될 것 같아요. 말이 너무 추상적인가요?

박원순: 아녜요. 무슨 말인지 알 것 같아요. 책상에 앉아서 일하는 것도 중요하지만 이렇게 직접 만나서 이야기해보지 않으면 모르는 것들이 많다는 것을 저도 요즘 새삼 느껴요.

아방: 끝까지 파이팅하세욧!

인터뷰 며칠 뒤, 아방을 떠올려본다

 며칠 전 일러스트레이터 아방과 인터뷰를 하면서 그의 서울생활에 대해 잠깐 이야기를 나눴다. 서울태생이 아닌 그에게 서울은 다양한 경험을 할 수 있고, 다채로운 볼거리가 있어서 자신에게 영감을 주는 도시라고 했다. 물론 서울살이를 하며 상처를 받은 적도 있고, 고생을 하기도 했지만 그것조차 그는 서울의 모습이라고 했다.

그리고 나의 서울생활을 함께 떠올려본다. 어느덧 상경한 지 50년 가까이 되어간다. 반백년이다. 강산이 바뀌어도 벌써 5번이나 변했을 시간이다. 막상 처음 서울에 와서 한 생각은 '내가 과연 여기에서 정착을 해서 가족을 꾸리며 발붙일 수 있을까?' 였다. 그런 내가 서울시장을 하고 있다니 촌놈이 출세했다.

나의 서울생활을 정리해 보면, 다양한 시행착오를 겪으며 더 나은 내일을 만들기 위해 노력한 시간이었다. 그리고 시행착오를 통해 '더 나은 내일'을 이뤄야 할 대상이 나와 내 가족에서 내가 사는 지역, 이웃, 공동체까지 확장되어 갔다. 그리고 서울시장이 된 후부터 나의 서울생활은 시민들의 삶을 바꾸는 시장이 되는 것이었고, 이에 골몰했다. 서울을 최고의 도시로 만들고 싶고, 그러기 위해 지금도 부단히 달리고 있다.

그런데 아방과의 대화 속에서 작은 생각이 하나 비집고 들어왔다. '최고의 기준은 과연 무엇일까?' 높은 빌딩과 신축 아파트를 짓고 넓은 다리를 놓고, 공장을 지으면 되는 것인가? 부의 축적과 도시의 화려함만을 좇으면 되는 것인가?

모든 것에는 빛이 있으며 거기엔 그림자도 따른다. 도시도 마찬가지다. 성공이 있으면 실패도 있다. 우리는 이러한 변화 속에서 어제를 경험하고, 오늘을 살며, 내일을 꿈꾼다. 이 모든 것들이 한데 어우러져 조화를 이루고 질서를 만들며, 때론 그것들이 무너지며 삶의 양면

성을 빚어낸다.

다시 말하면 우리가 만들어야 하는 도시는 실패와 어둠이 없는 도시가 아니라, 실패를 하더라도 그들이 벼랑으로 내몰리지 않는 도시, 다시 일어날 수 있는 도시, 어둠 속에서 빛으로 나올 수 있는 희망이 있는 도시라고 믿는다. 그리고 이 과정에서 그들의 성공과 실패, 빛과 어둠을 판단하는 기준이 획일적이지 않도록 다양한 시선과 생각들을 존중하는 도시가 되어야 한다.

이러한 도시를 만들기 위해 사회적 우정을 변화의 동력으로 삼고자 한다. 개인의 의지와 노력만으로는 극복하기 어려운 현실에서 공동체를 복원을 통해 각자도생이 아닌, 내 이웃을 돌아볼 수 있는 도시로 만들고자 한다.

서울시장으로서 지난 시정은 개발주의식 토건 시정을 사람 중심의 민생 시정으로 바꾸는 전환의 시간이었다. 그리고 앞으로는 이 도시에서 살아가는 각각의 삶을 바꾸는 시간으로 삼아야 한다. 강산이 바뀌는 데도 10년이 걸리듯 도시의 삶은 하루아침에 바뀌지 않는다. 아직 가야 할 길이 남았다.

그러기 위해 젊은이들이 마음껏 사랑할 수 있는 서울, 지속가능한 미래가 있는 서울, 평화와 연결의 플랫폼인 서울을 만드는 데 적극적인 투자를 아끼지 않으려고 한다. 그것이 어쩌면 누군가의 기준에는 최고의 도시는 아닐지언정 보편적 인류애를 바탕으로 한 '최선의 도시'는 될 것이라 믿는다.

상훈씨, 앱이 주선한 연애
안전한가요?

스타트업 CEO

신상훈

- 성명: 신상훈
- 직업: 스타트업 CEO
- 소속: ㈜넥스트매치
- 특징: 신상훈 대표는 젊은이들의 연애문화에 대해 누구보다 관심이 많은 데이팅 앱 〈아만다〉를 운영하는 젊은 CEO이다. 그는 금융회사에 입사해 직장생활을 하던 중 전자책 업체인 리디북스에 경영진으로 합류했다. 리디북스의 성공과 함께 오래 전부터 관심이 있었던 분야인 온라인 데이팅 서비스를 도전하기 위해 리디북스를 퇴사하고 넥스트매치를 창업했다. 현재 넥스트매치가 운영하는 데이팅 앱 〈아만다〉는 국내 데이팅 앱 중 가장 큰 매출을 올리고 있는 서비스로, 데이팅 앱을 넘어 국내 전체 앱 중에서도 매출 상위권을 기록할 정도로 성장하고 있다.

오늘 인터뷰의 주제는 연애다. 우리 때만 해도 젊은이들의 가장 중요한 화두는 연애나 사랑이었는데, 요즘은 그렇지도 않다는 이야기를 자주 듣게 된다. 흔히 요즘 청년들을 N포세대라고 부르는데 그 포기한 항목 중에 하나가 연애란다. 전쟁 중에도 사랑의 꽃은 피어난다고 하는데 요즘 청년들의 삶이 얼마나 팍팍하면 연애까지 포기하고 산다는 말이 나올까?

그래서 자칭 연애주선으로 현재 대한민국에서 가장 잘 나간다는 〈아만다〉의 대표 신상훈을 만나러 간다. 아만다는 앱으로 소개팅을 주선하는 스타트업으로, 시쳇말로 연애사업을 장려하고 있다고 한다. 이번 기회에 요즘 친구들이 어떻게 연애를 하는지 좀 물어보고자 한다.

사무실에 도착했다. 강남 한복판에 이렇게 넓은 사무실이라니. 막연히 스타트업이라고 해서 작은 오피스텔을 생각하고 왔는데 시작부터 예상과 다르게 가고 있다. 그리고 여러 사람 중 가장 귀여운 티셔츠를 입고 있는 청년이 웃으며 말을 걸어온다.

본인의 연애점수를 매긴다면 몇 점인가요?

신상훈: 시장님, 먼 길 오셨습니다. 신상훈입니다.

박원순: 아? 반갑습니다, 신상훈 대표님. 대표님을 보니 제가 오늘 복장을 좀 신경을 쓰고 왔었어야 했나 보네요.

신상훈: 그게 무슨 말씀이신지…?

며칠 전에 만난 아방과는 달리 조금 경직되어 있는 것 같다. 말끝이 살짝 떨리는 것이 느껴진다. 긴장을 좀 풀고 본격적인 인터뷰를 들어가야겠다.

박원순: 제가 오늘 복장불량이네요. 대표님은 이렇게 귀엽고 예쁜 옷을 입고 오셨는데 저는 양복차림으로….

신상훈: 아~ 아녜요. 시장님도 충분히 멋지십니다. 수트가 잘 어울리시는 것 같아요.

박원순: 감사합니다. 아주 칭찬이 자연스러운 것이 연애를 잘 하실 것 같아요. 그나저나 오늘 주제가 '연애'인 것은 아시죠? 하하, 쑥스럽네요. 이런 주제로 이야기를 할 기회가 사실 거의 없어요. 오늘은 저에게 큰 도전입니다. 잘 부탁드려요.

신상훈: 저도 기대됩니다. 시장님이 직접 찾아오시다니, 사실 저도 긴장이 많이 됩니다.

정말 긴장을 많이 하고 있는 것이 보인다. 인터뷰이를 잘 풀어주는 게 또 인터뷰어의 역량 아니겠는가.

박원순: 그럼 긴장도 풀 겸 가벼운 질문으로 시작해 볼까요? 주제에 맞게 질문을 해보면, 음… 결혼은 하셨나요? 실례가 안 된다면.

신상훈: 아직입니다. 게다가 연애도….

순간 짓궂은 질문이 떠오른다.

박원순: 안 한 건가요, 못 한 건가요? (웃음)

신상훈: 아, 못 한 건 아니고. 음… 정확히 말씀드리자면 아직까지는 아니다 싶어서 안 하고 있습니다.

박원순: 에이, 못 한 거지 뭐~.

오늘도 현장은 웃음으로 시작한다. 덕분에 신상훈 대표의 표정이 조금 풀린 듯하다.

신상훈: 사실 직원들이랑 농담 반, 진담 반으로 "온라인 데이팅 서비스

를 운영하는 대표가 결혼을 하면 쓰겠냐"고 하기도 하고, "영원한 싱글로 남아야 고객을 진심으로 이해할 수 있다!" 뭐 이런 얘길 자주 해요.

귀여운 너스레다. 그렇다면 긴장도 풀어줄 겸 질문의 강도를 좀 높여보자.

박원순: 내가 보기엔 회사는 핑계 같은데요? (웃음) 본인의 연애를 점수로 매긴다면?

신상훈: 흐음… 60점…?

박원순: 아만다 대표면 8,90점은 돼야지!

신상훈: 잘하는 편은 아닌데, 또 그렇다고 못 하는 것도 아니라서.

박원순: 원래 중이 제 머리 못 깎는다고, 상훈씨가 딱 그 경우네.

한층 표정이 편안해진 것 같다. 이제 본격적으로 이야기를 나눠보고자 한다.

몰라서 물어봅니다. 당신은 누구십니까?

박원순: 〈몰라서 물어본다〉는 항상 이렇게 시작합니다. 당신은 누구십니까?

신상훈: 저는 〈아만다〉라는 온라인 데이팅 서비스를 운영하고 있는 주식회사 넥스트매치의 대표 신상훈입니다. 그리고 아만다는 저희가 운영하는 데이팅 앱인데요, 사실 시장님께는 조금 낯설 것 같아요. 혹시… 소개팅 해보셨어요?

박원순: 우리 세대는 '소개팅'이라고 안 하고 '선'이라고 했죠. 저와 제 아내도 선 보고 결혼했어요. 사실 제가 선 보러 나간 날 첫눈에 반해서 그날 바로 결혼을 결심했어요. 진짜 예뻤거든. 그리고 결국 이렇게 잘 살고 있고. (웃음)

신상훈: 맞아요, 그 만남을 온라인으로 할 수 있도록 도와주는 모바일 앱이라고 보시면 됩니다. 쉽게 말해서 소개팅을 도와주는 애플리케이션입니다.

박원순: 그러니까 앱에 들어가서 소개팅 할 사람을 찾는다는 얘기죠?

신상훈: 넵! 앱에 접속해서 만나고 싶은 사람을 찾고, 그 사람에게 메시지를 보낼 수 있는 서비스예요. 메시지를 주고받으면서 실제로 만날 약속을 잡으면 돼요.

박원순: 그러니까 결국 아만다는 주선자 역할 같은 거군요?

신상훈: (놀람) 오~ 역시. 이해를 못하시면 어쩌나~ 설명을 어떻게 해
드려야 하나~ 사실 이런 걱정들을 했는데 정확하게 이해를 하셨어요.

박원순: 아니 대체 왜? 왜 그런 걱정을 했죠?

짓궂은 반문에 다시 긴장을 한다. 냉철한 CEO로 소문났다고 들었는데 실제로는 놀
리는 재미가 있을 정도로 순진한 청년이다.

박원순: 청년들의 문화를 이해하기 위해 평소에도 노력하지만, 요즘

인터뷰를 하고 다니면서 많이 배웠어요. 그나저나 원래 우리 땐 중매를 서면 양복도 얻어 입고 그랬는데 상훈씨도 양복 좀 얻어 입어야 되는 거 아니에요?

신상훈: 하하하.

박원순: 들어올 때 보니까 사무실이 꽤 크던데 직원이 몇 명이에요?

신상훈: 마흔 명 정도 됩니다.

박원순: 창업한 지 3년 남짓이라고 하지 않았어요? 이야~ 대단하네!

신상훈: 저희가 커플을 성사시킨 공덕을 쌓아서 회사가 이렇게 빠르게 성장할 수 있었던 게 아닌가 싶어요. 시장님이 말씀하신 것처럼 양복은 비록 못 얻어 입었지만. (웃음)

박원순: 궁금한 게… 그럼 대학 때 전공은 뭐예요?

신상훈: 전기공학과 나왔습니다.

박원순: 아, 그래서 이렇게 잘하는 군요?

신상훈: 네? 뭐, 뭐가요?

박원순: 원래 연애란 것이 전기가 탁 통해야 되는데! 전기공학을 전공했으니 누구보다 그걸 잘 알 거 아녜요~~.

내 아재개그에 신상훈 대표가 말문이 막힌 듯하다.

온라인에서 만난 사람과의 연애, 안전한가요?

박원순: 좀 노땅 같은 소린데… 제가 기성세대라 그런지… 실물로 본 게 아니라 인터넷으로 처음 만난 사람과 연애를 한다는 게 실제로 가능한가요?

신상훈: 충분히 그런 생각을 하실 수 있어요. 사실 저도 30대 후반이다 보니 디지털 네이티브가 아니라서 처음에는 저조차도 그런 생각을 했었어요. 그런데 현재 아만다의 주 이용층인 20대 초, 중반인 친구들의 성향을 좀 분석해 보니까 이게 불가능한 게 아니란 걸 깨달았죠.

박원순: 그럼 상훈씨도 나랑 비슷한 세대구나?

신상훈: 하하, 그렇게 되는 건가요?

박원순: 제가 오늘 좀 짓궂게 굴게 되네요. 상훈씨 긴장 좀 풀어주려고. 너무 힘이 들어간 거 같아서요.

신상훈: 느끼셨군요? 시장님을 처음 뵙다보니….

박원순: 편하게 하세요. 저희 비서관들은 저 몰래 제 웃긴 사진 찍어서 자기들 SNS에 막 올리고들 그래요. 제가 그렇게 당하고 산답니다~.

신상훈: 아, 그렇군요. 그럼 편하게 말씀 드릴게요. 일단 저만 해도 직장인이 되어서야 스마트폰을 접하게 됐어요. 그런데 반해 지금 20대 친구들은 어릴 때부터 PC뿐만 아니라 모바일을 통해 온라인에서 소통하는 경험이 쌓여 있죠.

박원순: 다들 어릴 때부터 컴퓨터랑 휴대폰을 가지고 있었으니까.

신상훈: 그렇다 보니 온라인에서의 새로운 경험에 대해 저희보다 거부감도 적고, 자연히 온라인에서 사람을 만나고 관계를 형성하는 것에 대해 기성세대보다 열려 있을 수밖에 없습니다.

박원순: 그러니까 온라인 소개팅이 그들에겐 낯설거나 이상한 게 아니란 말씀이시죠?

신상훈: 지금 20대들이 초등학생일 때 이미 다양한 메신저 서비스들이

활발히 이용됐고, 그걸 이용해 실제로는 본 적도 없지만 온라인에서의 경험만으로 연애도 하고 그러더라고요. 또 싸이월드 아시죠? 사람들이 미니홈피를 타고 다니면서 헌팅이나 소개팅을 요청하는 등 실제로 이런 경험들이 축적되어 있죠.

박원순: 와… 그럼 그렇게 만나서 연애도 하고, 심지어 결혼을 하는 경우도 있어요?

신상훈: 저희 서비스를 사용하시는 분들이 중복 포함해서 400만 명 정도 돼요. 그리고 당연히 이 중에서 연애를 하시는 분들도 많고, 실제로 결혼을 하신 분들도 있습니다.

박원순: 이야~ 저에겐 진짜 신세계네요.

신상훈: 친구에게 소개팅 받는 경우나 동호회에 가입해서 연애 상대를 찾는 것처럼 온라인 데이팅 서비스를 이용하는 것도 사람을 만나는 옵션 중에 하나로 자연스럽게 자리를 잡았다고 볼 수 있습니다.

그래도 저는 아직 걱정이 되는데요?

박원순: 하, 너무 신기한 세계다 보니 선뜻 받아들이기보다는 걱정이 앞서네요. 사실 그렇잖아요, 온라인이다 보니 자신을 숨길 수 있잖아

요. 상대방에게 거짓말을 한다거나 신분을 속일 수도 있을 것 같은데, 나이나 직업 등등….

신상훈: 충분히 그렇게 생각하실 수 있어요. 실제로 그런 일이 일어날 수도 있고요. 그런데 그와 정반대로 SNS가 발달하다보니 오히려 속이기 어려운 경우가 생기기도 해요.

박원순: 어떤 경우죠?

신상훈: 예를 들어 마음에 드는 이성이 있어서 실제로 만났는데, 혹시 그 사람이 신분을 속이는 게 아닌가 의심이 들면 구글과 같은 검색 서비스나 페이스북, 인스타그램 같은 SNS에서 검색을 해볼 수 있어요.

박원순: 아, 요즘은 페북 같은 것들을 대체로 많이 하니까…? 그래도 작정하고 속이려 들면 바로 알아채기는 어려울 것 같은데요? 제가 너무 나쁜 쪽으로만 생각하나요?

신상훈: 아녜요. 충분히 그런 경우도 생각하고 비즈니스를 설계해야 합니다.

박원순: 극단적으로 결혼한 사람이 속이고 활동할 수도 있을 것 같아요.

신상훈: 그래서 저희는 24시간 신고센터를 운영하고 있어요. 재밌는

것이 저희 서비스 회원들은 신고 기능을 열심히 이용하더라고요. 어떤 통계 결과를 보니까 우리나라는 세 다리 또는 네 다리만 건너면 다 아는 사람이라고 하더라고요. 회원이 많다 보니 유부남이나 유부녀에 대한 신고도 들어오고, 타인의 사진을 도용한 경우에 대한 신고도 많이 들어와요.

박원순: 거짓말을 하는 사람을 회원들이 직접 신고하는 건가요?

신상훈: 네, 그렇습니다. 일단 최초에 가입을 하면 운영팀이 기본적인 검수를 합니다. 그리고 회원분들끼리 실제로 만나고 난 뒤 사실과 다른 정보에 대해서는 저희한테 신고를 해주세요. 저희는 24시간 대기하면서 신고 내용을 반영하고 있고요.

박원순: 실제로 한번 보여줄 수 있어요?

박원순, 아만다 회원이 되다 #1

신상훈: 그럼 이참에 시장님께서 저희 회원으로 가입을 해보시면 어떨까요? 서비스를 이용하려면 기본적으로 프로필 사진도 넣어야 하고, 정보도 직접 쓰셔야 해요.

박원순: 정보? 아~ 직업이랑 지역, 혈액형, 종교… 와, 이런 걸 다 써야 하

는구나. 하긴 이런 정보들을 보고 말을 걸지 말지 마음을 정하는 거죠?

신상훈: 먼저 정보를 입력하시고, 시장님 사진도 고르시면 될 것 같아요.

신상훈 대표와 함께 사진을 고른다. 살짝 쑥스럽다. 내 전화기에 저장된 사진을 이리저리 훑어보다가 포토그래퍼 시현씨가 찍어준 사진에 신 대표의 시선이 멈춘다.

신상훈: 오! 전 이 사진이 괜찮아 보이네요.

박원순: 이거 아주 좋은 데서 찍은 거예요. 〈시현하다.〉의 김시현씨라고 혹시 알아요?

신상훈: 그럼요~ 요즘 유명하시잖아요.

박원순: 맞아요. 사실 그 친구가 포토샵을 좀 해줬어요.

신상훈: 어쩐지… 사진이 느낌이 되게 좋네요. 이걸로 올리시죠? 이렇게 해서 시장님의 정보를 서버로 보내면 심사를 거치는데요, 여기서는 좀 기다리셔야 합니다.

박원순: 심사도 있어요? 그런데 그 심사는 그럼 누가 하는 거예요?

신상훈: 저희 회원들이요. 현재 아만다에 접속하고 있는 회원분들이

신사를 하는데요… 이… 이… 잠시만요….

박원순: 왜 그러시죠? 무슨 일인가요?

신상훈: 시장님 사진을 보고 회원분이 신고를 했네요. 유명인 사진 도용으로… 하하.

박원순: 하긴! 그럴 만도 하죠. 서울시장이 소개팅하려고 가입할 리가 없으니까. (웃음) 인증 과정이 꽤 꼼꼼하네요.

신상훈: 일단 공지를 띄워서 이벤트성으로 참여하신 것으로 알릴게요.

사람들이 혹시 오해할 수도 있으니 서비스 체험을 위해 참여하는 명예회원으로 해서 다른 회원분들께 노출되도록 조정해 두겠습니다.

박원순: 내가 유부남인 거 세상이 다 아니까! 어쨌든 심사 시스템이 잘 돌아가고 있는 걸 이렇게 증명해 주시네요.

신상훈: 그럼 이제 심사가 진행되는 동안 조금 기다려볼까요? 어떤 평가를 받으실지 제가 다 설레네요.

우주가 무너지는 기분이었다고요?

박원순: 그럼 기다리는 동안 창업하게 된 사연에 대해서 한번 얘기를 나눠보죠.

신상훈: 제가 첫 직장이 홍콩에 있는 금융회사였어요. 해외 출장도 잦다 보니 연애를 하기가 어렵더라고요. 현지에서 소개팅도 쉽지 않고. 그래서 동료들은 어떻게 하나 봤는데요, 외국인 동료들은 온라인 소개팅 서비스를 많이들 이용하고 있더라고요.

박원순: 외국에는 이런 서비스가 일찍부터 있었던 거예요?

신상훈: 듣기로는 90년대부터 이미 있었다고 하더라고요. 이미 이런

서비스들을 일상적이고 평범하게 이용하고 있어서 처음엔 저도 충격이었어요.

박원순: 그렇게 해외에서 먼저 이런 서비스들을 접할 수가 있었군요. 그렇다고 해서 당장 회사를 그만두지는 않았을 테고, 퇴사를 결심한 특정한 계기가 있었던 거예요?

신상훈: 사실 특별한 비하인드 스토리나 드라마 같은 이야기가 있거나 하는 것인 아니에요. 저도 남들처럼 열심히 공부해서 어렵게 취직을 했습니다. 운이 좋게도 메릴린치라는 금융회사에 트레이더로 일할 기회가 생겼죠. 그렇게 다 잘 끝났다고 생각했어요.

박원순: 허허. 그런데 그게 끝이 아니었죠? 저도 사법고시만 합격하면 끝일 줄 알았는데 검사 임용되고 보니 그게 아니더라고요. 상훈씨도 비슷한 경험 같은데요?

신상훈: 아! 시장님도 경험해 보셨군요? 제가 입사하고 얼마 지나지 않아 월스트리트 발 금융위기가 있었어요. 그 여파로 제가 다니던 회사는 매각이 됐죠. 결국 메릴린치라는 거대한 금융회사가 역사 속으로 사라지게 된 셈이죠.

박원순: 그래서요?

신상훈: 그땐 정말 큰 충격을 받았어요. 그 회사는 제게… 음… 뭐랄까 우주 같은 존재? 절대적인 곳이었어요. 절대 망할 리 없는, 절대 망할 수 없는, 그리고 망해서도 안 되는 절대적인 우주. 그런데 그런 우주가 한순간에 무너져 내린거죠.

박원순: 우주가 무너졌다라… 말만으로도 어느 정도의 충격이었는지 전해지는 것 같아요.

신상훈 대표의 말 한마디에 현장이 순간 숙연해진다.

신상훈: 학교 다닐 때는 부모님 말씀 잘 듣고 하라는 공부 열심히 했더니 더없이 안정적인 직장에 왔는데… 이제는 보상 받으면 편하게 살 수 있을 줄 알았거든요. 제가 믿었던 안정이 더 이상 안정이 아니란 걸 깨달았어요. 그 어떤 것도 하루아침에 무너져 내릴 수 있고 세상엔 절대적인 것이란 애초에 없다는 것도 함께 배우게 됐죠.

박원순: 그래서 아예 도전을 결심하게 된 거로군요?

신상훈: 그때부터 친구들과 고민을 나눴어요. 결국 절대적인 안정이 없다면, 우리를 지켜줄 우주가 없다면 아예 위험을 감수해 보는 것도 나쁘지 않을 거란 결론에 다다랐죠.

박원순: 그래서 어떤 도전을 했나요?

신상훈: 친구들이 전자책 사업을 준비하고 있었고, 저도 퇴사를 결심하고 합류를 했습니다. 그 회사가 바로 리디북스라는 곳인데 다행히 회사가 잘 됐죠.

박원순: 이야기를 들어보니 원래는 모험정신이 강한 편은 아니었군요?

신상훈: 네 저희 집안 사돈의 팔촌을 다 뒤져봐도 사업하시는 분은 없답니다.

박원순: 흥미롭네요. 우리는 모험가 기질 따로, 모범생 기질 따로 있다고 보통 여기잖아요. 상훈씨는 모범생의 길을 걷다가 갑자기 삐딱선을 탄 경우네요?

신상훈: 하하하, 그렇게 볼 수도 있겠네요.

박원순: 저는 여기서 새로운 시사점이 있는 것 같아요. 처음부터 모험가 기질이란 것이 정해져 있으면 오히려 사람들에게 세상에 뛰쳐나가 보란 식의 충고가 설득력이 없을 수도 있는데, 본인은 그렇지 않았던 사람이 그걸 이뤘으니!

신상훈: 그냥 완전 모범생 그 자체였습니다.

박원순: 그 어떤 사업가, 모험가보다 설득력과 울림이 있는 이야기였습니다.

박원순, 아만다 회원이 되다 #2

신상훈: 그 와중에 시장님에 대한 회원들의 심사는 계속 되고 있었습니다. 5점 만점인데 1점 주신 분들도 있네요. (웃음)

박원순: 이거 봐, 3점도 나왔어~. 은근히 재미요소가 있네요. 와! 5점도 나왔어!!

나에 대한 평점으로 현장이 술렁거린다. 겉으론 태연한 척 하고 있지만 점수가 꽤나 신경 쓰인다. 1점이 보일 때마다 침이 바짝바짝 마르기도 한다.

박원순: 나에게 점수를 준 사람이 이렇게 나오는 군요. 보니까 나에게 높은 점수를 준 사람에게 연락할 가능성이 높네요. 그죠?

신상훈: 그죠. 정확합니다. 시스템에 대한 이해가 상당히 빠르신데요?

박원순: 이걸 보고 있으니까 왠지 개표방송 보는 느낌이 드네요.

개표방송 이야기에 현장이 뒤집어진다. 단순히 데이팅 앱이지만 타인들이 나에 대한 다양한 정보를 통해 나를 평가한다는 것만으로 묘한 긴장감이 형성된다.

신상훈: 솔직히~ 진짜 솔직히 말씀드려서 저는 아무리 시장님이시지만 1점이 많이 나올 줄 알았는데, 의외로 인기가 많으시네요?

박원순: 아만다에서 괜히 점수 조작하시는 거 아녜요?

신상훈: 절대요. 애초에 이건 그렇게 할 수가 없게 설계되어 있어요. 드디어 심사가 끝이 났습니다.

심사가 끝났다는 말에 현장에 있던 촬영 스태프와 아만다 직원들이 우르르 몰려든다. 어쩌면 나에 대한 젊은 친구들의 호감도 조사 같기도 해서 살짝 긴장이 되기도 한다. 과연 몇 점일까?

신상훈: 시장님, 축하드립니다. 상위 1%의 인기인으로 등극하셨어요. 최종 평점 5점 만점에 4.17입니다. 엄청 높은 거예요. 대박!

애써 침착한 척 하지만 입꼬리가 귀에 살짝 걸리려고 한다.

박원순: 실시간으로 점수가 나오면 평점이 올랐다가 내렸다가 하는 거 보니까 스릴이 있네요. 국무회의 가서 우리 문재인 대통령도 한번 해 보시라고 권해드려야겠어요. 스타트업 육성 차원에서!

외모지상주의를 조장하는 건 아닌가요?

박원순: 실제로 서비스를 경험해 보니까 왜 사람들이 좋아하는지 알 것 같아요. 그런데 또 우려가 되는 부분이 있는데 말해도 되요?

신상훈: 네, 저희는 항상 회원(!)님들의 이야기를 들을 준비가 되어 있습니다. 이제 시장님도 저희 명예회원이시니. (웃음)

박원순: 약간 꼰대 같은 이야기일 수도 있어요. 다름이 아니라 지금 가입해서 심사까지 해봤잖아요. 이 과정에서 그 사람의 깊이 있는 내면 같은 것들을 보여줄 수가 없잖아요. 그렇다 보니 너무 얼굴이랑 스펙으로만 사람을 평가하게 되는 건 아닐까요? 일종의 외모지상주의를 더 조장하는 결과를 가져오진 않을까 하는 우려가 됩니다.

신상훈: 그런 이야기들은 실제 언론을 통해서도 많이 지적 받아 왔는데요. 그런데 한번 잘 생각해 보세요. 우리가 연애를 하거나 누군가를 소개받을 때 외모와 직업 같은 것들을 먼저 파악하는 게 전혀 새로운 것은 아닙니다.

박원순: 새로운 것이 아니다?

신상훈: 보통 소개팅을 해본 사람들은 다 공감을 하겠지만, 소개팅을

제안 받으면 우리는 주선자에게 주로 물어보는 것들이 있어요.

박원순: 뭔가요?

신상훈: "사진 보여줘", "몇 살이야?", "어디 살아?", "직업은 뭔데?", "성격은 어때?" 이런 질문들이 사람에 따라 먼저 나오고 나중에 나오고의 차이는 있겠지만 빠지지 않는 질문들이죠.

박원순: 아, 소개팅을 하면 이런 것들을 먼저 묻는군요?

신상훈: 네, 아만다에서는 특별히 외모지상주의를 조장한다기보다는 현실에서 사람들이 일반적으로 소개팅할 때 궁금해 하는 정보를 보여주는 거예요. 새로운 경험은 아니란 거죠.

박원순: 그렇군요. 소개팅을 할 때 처음부터 너무 깊은 정보를 궁금해 하지는 않는다는 거죠?

신상훈: 저 역시 깊이 있는 대화를 통해 서로 신뢰를 형성하는 것이 연애에 있어서 중요한 요소라고는 생각합니다. 다만 내면의 깊은 정보는 직접 만나서 대화를 나눠보기 전까진 파악하기 어렵죠. 그건 오프라인에서 친구가 주선해주는 소개팅도 마찬가지고요.

박원순: 이야기를 쭉 들어보니 상훈씨는 편견과의 싸움을 많이 해온

것 같다는 생각이 드네요. 사실 사람을 만나고 싶은 욕구나 과정은 똑같고 결국 '누가' 소개를 해주냐의 차이만 있는데, 새로운 방식이다 보니 사람들이 색안경을 끼고 매도할 수 있을 것 같아요.

신상훈: 제 마음속에 들어갔다 나오신 것 같아요.

박원순: 이심전심이니까. 저라고 왜 그런 경험이 없었겠어요? 항상 새로운 방식을 개척하는 이들에게는 항상 도전이 따라오는 법이에요.

신상훈: 뭔가 위로가 되는 인터뷰네요.

서울시가 스타트업을 위해
도울 일이 있을까요?

박원순: 오늘 이런저런 이야기를 들으면서 스타트업 운영하는 게 보통 일이 아닐 것 같은 생각이 드네요. 혹시 스타트업과 청년 창업가들을 위해 서울시가 도와줄 수 있는 일이 있을까요?

신상훈: 음… 사실 저희가 해보고 싶은 공익 캠페인 같은 것이 있는데요.

박원순: 소개팅과 관련된 건가요?

신상훈: 정확히는 연애랑 관련이 있습니다. 저희 이용자가 20대, 30대 미혼 남녀잖아요. 사업을 위해서 이분들에 대해 연구를 많이 하는데 이분들의 삶이 정말 팍팍하다는 것을 느끼게 돼요. 살면서 가장 연애를 즐겁고 행복하게 하는 나이임에도 불구하고 여러 제약 때문에 연애를 어려워하는 분들이 많습니다.

박원순: 그렇죠. 저도 항상 그게 고민입니다. 그럼 상훈씨에겐 청춘들을 위해 어떤 구체적인 계획이 있나요?

신상훈: 여러 이유로 연애를 포기한 분들에게 연애 코칭을 해드리고 싶습니다.

박원순: 연애 하는 법을 알려주는 건가요?

신상훈: 정확히 말하면 연애를 소재로 한 심리치료에 가깝습니다. 사회에 좋은 기회가 줄어들다 보니까 청년들이 여유가 없어지고, 자존감이 낮아져서 연애를 부담스럽게 느끼는 경우가 많거든요. 기회를 많이 만들어서 해결할 수도 있지만, 그분들에게 마음의 위로를 드리고 여유를

가질 수 있도록 상담을 해드리는 겁니다. 그렇게 돼서 마음에 여유가 생기면 연애에 대해서 열린 마음을 가질 수 있게 되는 거죠.

박원순: 좋네요. 사실 사람과 사람 사이의 관계에서 오는 특유의 행복이 있습니다. 그리고 어려운 일을 겪을 때에도 소중한 사람이 곁에 있다면 조금 더 잘 이겨낼 수 있고요. 그래서 상황이 어려운 줄은 알지만 우리 청년들이 연애를 많이 하면 좋겠다 싶은데… 연애 코칭이라… 한번 저와 같이 고민을 해보시죠?

신상훈: 네. 함께할 수 있는 방안을 찾아보면 좋겠습니다.

모든 인터뷰이에게 하는 공식 질문!

박원순: 이제 인터뷰가 막바지에 다다랐습니다. 인터뷰의 시작과 끝은 항상 공통된 질문을 드리고 있어요.

신상훈: 네, 다른 인터뷰들을 봤어요. 제게 서울에 대한 정의를 물어보려고 하시는 거죠?

박원순: 맞아요. 역시 모범생. 예습을 하셨네요. 하하하. 상훈씨에게 서울은 어떤 존재인가요?

신상훈: 서울은 제게 시작인 것 같아요. 대학 생활도 서울에서 시작했고, 첫 번째 사업도, 두 번째 사업도 서울에서 시작했으니까요.

박원순: 좋은 도시네요. 각별하기도 하고요. 그럼 두 번째 질문, 신상훈에게 박원순이란? 처음에는 엄청 긴장도 하고 그랬는데, 오늘 저랑 함께 해보니 어땠어요?

신상훈: 솔직히 말씀드려도 되죠?

박원순: 그럼요~.

신상훈: 저는 시장님이 소탈하시다고 언론에서 이야기하는데 솔직히 안 믿었거든요.

박원순: 아, 그래요? 우리 상훈씨가 의심이 아주 많네요! (웃음)

신상훈: 하하하. 평소에 정치인 중에 솔직히 그런 사람이 어디 있냐고 생각을 했어요. 다 쇼라고 생각했는데, 근데 시장님은 정말 실제로 만나보니 그냥 내 말 잘 들어주는 옆집 아저씨 같아요.

박원순: 내가 오늘 대표님처럼 귀여운 옷을 입고 왔으면 더 친근했을 텐데 그게 아쉽네요. 그렇게 봐줘서 고마워요.

신상훈: 다음번 시장님 의상을 기대하겠습니다.

박원순: 자, 이제 진짜 마지막 질문입니다. 오늘 긴 시간 이야기했는데, 혹시 마지막으로 하고 싶은 말 있어요?

신상훈: 아, 대단한 일은 아니지만 저희가 저소득층 여성 청소년들에게 생리대를 기부하는 캠페인을 하고 있습니다. 저희 입장에서는 사실 큰 돈 쓰는 캠페인도 아닌데, 그에 비해 굉장히 큰 가치를 만들어내는 것 같더라고요. 왜냐하면 이게 생리대가 필요한 분들에게는 아주 큰 도움이 되기 때문에요. 많은 분들께서 이 문제에 관심 가져주셨으면 좋겠습니다.

박원순: 대단한 일이 아닌 게 아니라 대단한 일입니다. 가난해서 생리대를 쓸 수 없다는 그게 되게 자존심 상하는 일이라고 합니다. 우리 청소년들이 자존감 상하지 않고 크는 일은 중요하고 또 대단한 일이죠. 앞으로도 사업도 잘 해주시고, 지금처럼 좋은 일도 많이 해주세요. 저도 늘 응원하겠습니다. 1호 명예회원이잖아요~.

신상훈: 네, 회원님. (웃음) 오늘 정말 즐거웠습니다.

인터뷰 며칠 뒤, 신상훈 대표를 떠올려본다

인터뷰를 하면서 신상훈 대표의 말에 현장 분위기가 숙연해진 순간이 있었다. 자신이 다니던 회사가 한순간에 역사의 뒤안길로 사라질 때 그는 '우주가 무너지는 느낌'을 받았다고 했다.

충분히 그럴 수 있다. 어린 신상훈이 입사한 회사는 행복한 미래를 위한 토대였고, 시작이었으며 완성이었을 것이다. 그런데 절대 망할 리가 없는 회사로 여겨지던 그곳이 무너지리라고는 절대 생각 못 했을 것이다. 결국 하루아침에 자신을 안전하게 받쳐주고 있는 땅과 같은 절대적인 안정이 무너져 내린 것이다.

그는 그때 깨달았던 것이다. 인생에서 절대적인 안정이 없다는 것을, 무너지지 않는 땅이란 없다는 것을. 그때부터 안정에 대한 고민을 시작했고, 그와의 대화 안에서 그는 드디어 자신만의 안정에 대한 힌트를 얻은 것 같았다. 적어도 그에게 안정이란 넉넉한 연봉, 정년보장 이런 것들로 정의되지 않는 것으로 느껴졌다.

나 역시 그랬다. 골방에 틀어박혀 죽어라 고시공부를 했다. 밑줄치고 외우고, 또 외우고. 연필이 닳아 없어질 때까지 책만 팠다. 고시만 합격하면, 판검사만 되면 끝이라고 생각했다. 그러나 막상 이루고 보니 그곳이 끝이 아니었고, 안정을 얻기는커녕 생활에서 불안정이 지속됐다. 결국 1년 만에 관뒀다.

막상 검사가 되어보니 내가 추구하는 삶의 방향과 맞지 않았다. 죄지은 사람들에게 벌을 주는 것보다는 인권 변호사가 되어 사람들을 도와주는 것에서 더 의미를 찾을 수 있었다. 그리고 법의 영역이 아닌 삶의 영역에서 더 많은 사람과 공동체를 위해 일하고 싶어졌고, 이러한 욕구는 참여연대나, 희망제작소 같은 실천적 활동들을 하는 원동력이 됐다.

이런 나의 행보를 두고 주위에서는 검사를 때려치고 힘든 길을 간다며, 보장된 안락함을 버리는 것에 의문을 던지기도 했다. 그러나 역설적으로 안정적인 직장을 버리고서야 나는 안정을 얻게 됐다.

다시 신상훈을 떠올려 본다. 우리가 사는 세상은 불확실성의 연속이고, 완전하지 못한 상태로 여러 욕망들이 뒤엉켜 있다 보니, 자신의 의도와 상관없이 자신의 발밑이 무너지는 상황이 생길 수 있다. 그래서 그는 우주가 무너져 내리는 기분을 경험했다. 그리고 그는 지금도 안정을 얻기 위해 끊임없이 한 발을 내딛는다. 나아간다.

어쩌면 그곳에 우리가 찾는 '안정'이 있을지도 모르겠다. 멈춰 있지 않을 때, 작은 한 발일지라도 멈추지 않고 앞으로 나아갈 때 우리는 행복할 수 있을지도 모르겠다.

남해씨, 옷에 왜 왁스를 바르나요?

패션디자이너

기남해

- 성명: 기남해
- 직업: 패션디자이너 겸 CEO
- 소속: Bastong(바스통)
- 특징: 클래식한 멋을 추구하는 패션 브랜드 바스통의 창업자이자 디자이너이
  다. 패션의 흐름이 빠르게 변화는 와중에도 세월이 갈수록 가치를 더하
  는 옷을 만드는 브랜드 바스통을 운영하고 있다. 세계 남성복 최대 박람
  회인 피티 워모에 참가해 '주목해야 할 유망 브랜드 Top 5'에 선정되기
  도 한 그는 인스턴트 음식이 아닌 '밥'처럼 평생 먹어도 질리지 않는 음
  식 같은 옷을 만들고 싶다고 한다.

■ ■ ■ ■

평소 나는 사실 아내가 입으라는 대로 입는다. 아침에 일어나서 아내가 골라주는 양복에 셔츠, 그리고 넥타이까지. 아내가 깜빡하고 양말을 짝짝이로 준다고 해도 모를 정도로 옷에는 관심이 없다. 그런 내가 오늘 만날 사람은 바로 패션디자이너 기남해.

아침에 무슨 질문을 해야 할지도 모르겠어서 답답하니 아내가 그냥 일단 솔직하게 아무것도 모른다고 고백을 하고, 앞으로 어떻게 입을지 물어보면 되는 것 아니냐고 한다. 명쾌하다. 아무리 생각해도 장가 하나는 정말 잘 간 것 같다.

옷에 왜 왁스를 바르나요?

박원순: 아이고~ 기남해 디자이너님 만나서 반갑습니다. 제가 요즘 감기 때문에 목이 좀 쉬었어요. 이해해주세요.

기남해: 시장님, 안녕하세요. 요즘 날씨도 갑자기 추워지고 해서 그런 것 같아요. 따뜻한 커피 좀 드릴까요?

박원순: 물 한 잔만 부탁드려요. 사실 제가 옷이나 패션 쪽으론 진짜 아무것도 몰라서 걱정입니다 오늘.

물을 가지러 가는 사이 사무실을 둘러보게 된다. 같은 서울이지만 나외는 전혀 다른 세계에 사는 사람의 사무실이라 그런지 신기한 것이 많다. 영화에서나 보던 마네킹과 옷감들이 널려 있다. 그러다 눈에 띄는 것을 발견한다.

박원순: 그런데 여기 이 잠바(?)는 좋아 보이네요.

기남해: 왁스 자켓입니다. 얼마든지 입어보셔도 돼요.

박원순: 왁스 자켓? 그 광낼 때 쓰는 왁스요?

기남해: 이 자켓은 면으로 제작을 했고 그 위에 왁스를 도포한 거예요. 일종의 코팅이라고 보시면 돼요.

박원순: 옷에 왁스를 바르다니… 정말 저에게는 신세계네요. 그런데 꽤 무겁네요?

기남해: 네, 이게 이유없이 그냥 바르는 게 아니라, 면에 왁스를 도포함으로써 기능성 소재가 되기 때문입니다.

박원순: 어떤 기능이죠? 새로운 기법인가요?

걱정했던 것과 달리 질문이 마구 떠오른다.

기남해: 사실 100년도 넘은 기법이에요. 왁스 자켓은 영국의 어부들이 입기 시작했어요. 뱃사람들은 오래 전부터 돛에 왁스로 코팅하면 물에 젖지 않는다는 것을 알고 활용해 왔다고 해요. 그 원리를 옷에도 적용한거죠.

박원순: 아~ 그러니까 코팅을 해서 옷이 젖지 않게 하는거다, 그 말씀이시죠?

기남해: 네, 100%는 아니지만 방수와 방풍을 위한 기법이라고 보시면

됩니다. 주로 면직물 위에 린시드 오일을 발라서 만드는 게 가장 일반 적이에요.

박원순: 두껍진 않지만 입으면 따뜻하겠네요.

기남해: 외부 온도로부터 체온을 지켜주는 역할을 하죠. 특징이 왁스를 바르면 옷감도 견고해져서 대물림을 해도 될 정도입니다. 물론 왁스를 주기적으로 다시 발라줘야 되고요. 그냥 한번 입어보시죠?

박원순: 낯설기는 한데 막상 입으니 착용감이 좋네요.

몰라서 물어봅니다. 당신은 누구십니까?

박원순: 자 그럼 본격적으로 시작해 봅시다. 저희 공식질문입니다. 조금 황당한 질문이긴 한데, 당신은 누구세요?

그의 떨리는 눈동자에서 당황함이 느껴진다.

박원순: 이게 이 기획의 콘셉트니까요. (웃음) 사람들이 미리 공부하고 와서 물어본다고 생각하는데 진짜 저는 모르고 와서 막 물어봅니다. 그래야 이 기획의 맛을 살릴 수 있잖아요~.

기남해: 정말 아무 것도 모르고 오실 줄은 몰랐어요. 이게 진짜 짜고 하는 게 아니었군요. 그래도 미리 공부해서 오실 줄 알았는데.

박원순: 당연하죠. 정말 몰라서 물어봅니다. 남해씨, 당신은 누구십니까?

기남해: 저는 바스통이라는 패션 브랜드를 운영하고 있는 디자이너이자 사업가 기남해입니다.

박원순: 바스통은 무슨 뜻인가요?

기남해: 사실 아무 뜻이 없어요.

박원순: 그런데 왜 이름을 바스통이라고 지었죠?

기남해: 하루는 꿈을 꿨는데요. 그 꿈에서 제가 평소 이상적이라고 생각하는 옷들이 슬라이드 쇼처럼 지나가는데, 마지막에 아웃도어 자켓이 나오더라고요. 그걸 본 사람들이 박수를 치고 환호를 하면서 "바스통! 바스통!" 하고 외치기 시작하더라고요. 안 믿으시겠지만… 정말입니다.

박원순: 꿈에서 들은 말로 이름을 정했다고요? 나중에 바스통이 유명하게 되면 신화처럼 회자되겠네요.

기남해: 사실 저도 인터뷰 때마다 이 이야길 하는 게 민망한데, 이게 사실인 걸 어쩌겠어요. (웃음) 눈 뜨자마자 로고를 그리고 바로 브랜드 준비를 했죠.

박원순: 로고를 보니까 로고가 양이던데, 그건 의미가 있나요?

기남해: 제가 양띠입니다. 79년 양띠요.

박원순: 아! 저도 양띠예요. 호적에는 56년생으로 되어 있는데 실제로는 55년생이거든요.

기남해: 2바퀴 띠동갑이네요. (웃음)

명품 브랜드를 지향하지 않는다고요?

박원순: 브랜드를 시작한 지는 얼마나 됐죠?

기남해: 2011년에 시작해서 올해 8년차가 됐습니다. 미국 트레이드 쇼에 참가한 적이 있는데요, 그때부터 뭔가 제 안에 울림이 있었어요. 그때 느낌과 경험을 바스통에 녹이고 있습니다.

박원순: 길다면 길고, 짧다면 또 짧은 시간이네요. 그나저나 트레이드

쇼가 뭐에요? 무역박람회 같은 건가요?

기남해: 비슷합니다. 세계 각지의 패션 브랜드와 패션 바이어들이 모여서 물건을 사고파는 자리입니다. 그런데 이곳에 가보니까 한국에서는 찾아보기 어려운 브랜드들이 아주 많더라고요.

박원순: 한국에 수입이 안 되는 그런 브랜드 말인가요?

기남해: 정확히 말하면 한국에서 시도하지 않는 콘셉트의 브랜드죠.

박원순: 잘 이해가 안 되는데요…?

기남해: 한국에는 머리부터 발끝까지 모든 아이템을 제작하는 토탈 브랜드가 대부분이죠. 그런데 트레이드쇼를 가보니 신발만 80년 동안 만든다든가, 자켓만 100년 넘게 만든 회사들이 있더라고요. 저희끼리 우스갯소리로 미국은 100년, 유럽은 한 200년은 돼야지 브랜드로서 명함을 내밀겠구나 했죠.

박원순: 음… 그런 세계가 있군요. 전혀 몰랐네요.

기남해: 요즘은 '패스트(fast) 패션'이 대세입니다. 유행 따라 빠르게 변화하고 대응하는 패션 업계 경향을 이르는 말인데요. 대세에 편승하는 대신 뚝심 있게 짧게는 수십 년, 길게는 몇 백 년 자신만의 길을

가는 브랜드들이 있더라고요. 이를 '롱래스팅(long-lasting) 패션' 이라고 하는데, 저는 이쪽을 더 추구하는 편이라고 보시면 됩니다.

박원순: 그러니까 역사와 전통을 자랑하는 '명품' 브랜드를 만들고 싶었다는 것이죠?

기남해: 음… 반은 맞은 말씀이고, 반은 틀린 말씀인데요. 저희는 '명품' 이 아니라 '양품' 을 지향하고 있습니다.

박원순: 양품이라는 말은 좀 낯서네요.

기남해: 영어로 하면 조금 더 이해가 쉬우실 것 같아요. 굿 프로덕트(Good Product)를 만드는 것이 목표입니다. 그래서 저희는 다양한 제품군을 만들지 않고 기본적인 제품을 만들되 제대로 된 제품을 만드는데 모든 노력을 쏟죠.

박원순: 진짜 몰라서 묻는 건데요, 그럼 양품은 명품과 어떻게 다른 거예요?

기남해: 양품은 명품이 될 수 있지만, 모든 명품이 양품이라고 할 수 없다고 하면 조금 이해가 되시나요?

박원순: 어렴풋이?

"

세계에서 가장 크고 가장 쟁쟁한 브랜드와 바이어
가 모이는 곳이 '피티 워모' 거든요. 저희가 피티
워모에 4년 연속 나갔습니다.

"

기남해: 저희 브랜드는 포장은 패션 브랜드지만 실제로 본질은 결국 제조업이죠. 그렇다면 제조업이 성공하려면 기본적으로 제품의 품질이 뛰어나야 합니다. 가장 우선하는 가치라고 생각해요. 디자이너가 제품에 부여하는 자신만의 의미보다 실제 소비자의 경험을 우선시할 때 양품의 자격이 있는 것 같습니다.

정확히 무슨 말인지 100 퍼센트 이해하진 못 했지만, 적어도 그의 디자인과 제품에 대한 철학이 느껴진다.

피티 워모가 뭔가요?

박원순: 남해씨를 보고 있자니 뭔가 단단한 느낌이 들어요. 그런데 아무래도 유행이나 흐름을 역행하다보니 시장에서 성공하기는 어려울 것 같은데… 어떤가요?

기남해: 맞습니다. 한국에는 바스통 같은 브랜드가 별로 없어서 한국 시장은 공략하기 어렵겠다는 생각을 했습니다. 그래서 유통에 의지하지 않을 생각으로 바로 매장을 열었죠. 유통에 휘둘리게 되면 본질이 흔들릴까봐서요.

박원순: 그럼 아까 말씀하신 트레이드 쇼 같은 곳에 가서 영업을 했나

요? 해외에는 그런 브랜드들이 인정을 받는다고 하니까 왠지 바스통도 해외에서는 통했을 것 같은데….

기남해: 네, 역시 예리하세요! 해외에 가면 바스통이 추구하는 바를 알아봐 줄 수 있는 바이어가 있을 거라고 생각을 했습니다. 그래서 처음부터 해외 진출 계획을 세우고 이탈리아에서 열리는 피티 워모에 참가했죠.

박원순: 결과가 어땠나요?

기남해: 이탈리아에서 열리는 '피티 워모'라는 패션 박람회가 있습니다. 세계에서 가장 크고 가장 쟁쟁한 브랜드와 바이어가 모이는 곳이 피티 워모거든요. 저희가 피티 워모에 4년 연속 나갔습니다.

박원순: '피티 워모'가 뭔가요?

기남해: 세계에서 가장 큰 규모의 남성복 박람회고요, 이탈리아의 피렌체에서 매년 2번 정도 열립니다.

박원순: 그럼 아무나 가고 싶다고 갈 수 있는 곳은 아니겠네요?

기남해: 네, 맞습니다. 한국에서 피티 워모에 나가서 바이어들을 만난 브랜드는 지금까지도 손에 꼽히거든요.

박원순: 여기서 잘 보이면 해외 수출 길이 뚫리는 거죠?

기남해: 맞아요. 세계 각지의 백화점, 편집숍 등의 유통 채널에서 마음에 들면 가져가서 파는 거죠. 초반에는 피티 워모에서 만난 바이어들 덕분에 해외 매출이 국내 매출보다 많았어요.

박원순: 현지 반응은 어땠나요?

기남해: 운이 좋게도 현지 언론에서 피티 워모를 통해 '주목받는 톱 5 브랜드'로 선정되는 영광을 얻었죠. 그 이후로 〈모노클〉에 소개되는 영광을 얻기도 했습니다. 덕분에 한국에 와서 여러 패션지에서 인터뷰를 하기도 했고요.

박원순: 저도 곧 〈모노클〉과 인터뷰가 있는데! 양띠에 이어 〈모노클〉까지! 역시 바스통은 해외에서 더 인정을 받은 브랜드군요. 요즘도 해외 매출이 더 많습니까?

기남해: 요즘은 한국 시장에 집중을 하고 있습니다. 도산공원점을 새로 런칭하느라 지난 해에는 피티 워모 준비를 따로 못 했어요. 더 준비를 많이 해서 내년쯤 다시 도전해볼 생각을 하고 있습니다.

말에 무게가 느껴진다. 자신의 신념에 대한 확신과 기대가 동시에 보인다. 뭣보다 꿈꾸는 모습을 보니 흐뭇하고 내 가슴도 함께 뛰게 만드는 것 같다. 그가 디자인한 제품들이 궁금해진다.

잠바(?)도 스토리텔링이 필요하다고요?

박원순: 바스통의 옷들은 어떤 것이 있어요?

기남해: 저희 카탈로그를 한 번 보여드릴게요. 시장님이 역사를 좋아 하신다고 들었는데, 아마 좋아하실 것 같아요.

박원순: 오? 이건 어우동인가요? 그럼 옆에는 누구예요?

기남해: 역시 딱 보면 아시는군요. 어우동과 그 옆에는 의자왕입니다. 의자왕을 모티프로 삼아서 일러스트를 만들었습니다. 옷이 갖는 느낌을 캐릭터가 갖고 있는 스토리를 차용한 거죠.

002
CASANOVA

Fabric-Waxed cotton 100% (From United Kingdom)
Lining-Cotton 100% (From Korea)
Sleeve lining-Bemburg 43% Polyester 57% (From Korea)
Botton-K-NAME (From Japan)
Zipper-YKK (From Japan)
Size-S.M.L

002

박원순: 일종의 스토리텔링이군요? 이야~ 카탈로그에 사람이 등장하는 것이 아니라 이렇게 그림으로 하는 것도 굉장히 참신하네요. 그럼 이 사람은 또 누구인가요?

다음 이미지를 넘겨본다.

기남해: 대동여지도를 그린 김정호입니다. 이분이야말로 아웃도어 제품이 당시에 있었다면 큰 도움이 됐을텐데. 하하하

박원순: 와, 여기는 또 이순신 장군이구나!

기남해: 이 옷은 기원이 '밀리터리 룩'이거든요. 그래서 이순신 장군님 캐릭터를 도입해봤습니다.

박원순: 야, 정말 멋지네요. 보통 이런 패션 카달로그에는 잘 생기고 멋

있는 모델들만 등장하는 줄 알았는데. 이것도 일종의 발상의 전환이 겠네요? 분명 해외에서도 좋아했을 것 같네요.

기남해: 이탈리아에서도 해외 바이어들이 이 룩북에 대해서 계속 물어 보더라고요. 외워간 영어로 대답하다가 부족하면 손짓 발짓으로 설명 을 해 드렸죠.

기남해 대표에게 상세한 설명을 듣고 나니 그냥 흔한 잠바(?)가 아니라 옷 한 벌 한 벌이 굉장히 근사하게 느껴진다.

박원순: 단순히 옷만 팔고 온 게 아니라 한국의 정신도 함께 전달하고 오셨네요. 그나저나 저도 한번 입어봐도 괜찮죠?

기남해: 그럼요!

나는 개인적으로 차분한 남색 코트가 마음에 드는데, 기남해 대표는 오히려 트렌치 코트가 더 잘 어울린다며 칭찬을 한다. 남색 코트는 단정하지만 익숙한 느낌인데, 트렌치 코트는 기존과 다른 새로운 느낌을 전달해서 좋다는 코멘트도 해준다.

박원순: 이렇게 이야기를 듣고 있으니 막 흙을 뚫고 나왔지만 이미 단단한 여덟 살 대나무 같은 브랜드네요.

기남해: 과찬이세요. 더 열심히 하겠습니다.

브랜드에 대한 설명을 충분히 듣고 나니 이렇게 독특한 브랜드를 창조해 낸 디자이너가 어떤 사람인지에 대한 궁금해진다. 어떤 유년시절을 보낸 것일까? 화려하고 부유하게 자랐을까? 이것도 어쩌면 패션디자이너에 대한 선입견일지도 모르겠다.

디자이너는 타고 나는 건가요?

박원순: 우리 남해씨는 어릴 때부터 패션에 관심이 많았어요?

기남해: 워낙 어릴 때부터 옷 입는 것은 좋아했지만 화가가 되고 싶었습니다. 패션디자이너라는 직업의 존재 자체를 모르고 자랐죠.

박원순: 그럼 가족 중에 패션과 관련된 일을 하신 분이 계신가요?

기남해: 어머니께서 저 임신하셨을 때 양장점을 하셨대요. 그래서 요즘도 "태교를 패션으로 해준 덕에 네가 이렇게 잘 됐으니 나에게 고마워 해야 한다"고 하세요. 하하하.

박원순: 맞는 말씀 같은데요?

기남해: 사실 어머니께서 양장점은 제가 태어나고 나서는 그만 두셨고요.

박원순: 그래도 그 영향을 받아서 패션을 공부하게 된 것 아닌가요?

기남해: 의외로 공대에 진학했습니다. 물론 부모에게 물려 받는 것, 흔히 사람들이 말하는 타고 나는 것을 부정하는 건 아닌데… 제 생각에는 무엇보다 중요한 건 '얼마나 본인이 열정을 갖고 몰입할 수 있는가'가 아닐까 합니다. 저도 바로 디자이너로 일을 시작한 건 아녔어요.

박원순: 그럼 어떻게 시작하게 된 건가요?

기남해: 저는 처음에 소매업으로 시작을 했습니다. 흔히 말해서 옷을 떼다 파는 거죠. 옷을 좋아하니까 직접 옷을 만드는 것이 아니라 좋은 옷을 가져다가 동업자와 함께 나름대로 큐레이션을 해서 고객들에게 파는 일을 했습니다.

의외다. 어릴 때부터 패션을 전공하고 디자인을 했을 것만 같은데 그게 아니라니…!

기남해: 그때 제 성향을 발견했는데요. 매출이 잘 나올 때보다 제가 손님에게 코디를 추천했을 때, 손님이 만족스러워하고 덕분에 소개팅이나 웨딩촬영이 잘된 것 같다는 피드백이 올 때 더 기쁘더라고요. 그때부터 이어온 인연들이 꽤 있어요. 그분들과는 벌써 10년 넘은 것 같아요.

박원순: 지금 바스통이 '잘 팔리는 옷' 보다 '잘 만든 옷' 을 목표로 삼는 것과 비슷하군요.

기남해: 그렇습니다. 옷을 고를 때도 최대한 좋은 제품을 가져다가 팔려고 했는데 제 눈에 아쉬운 점들이 자꾸 보이더라고요. 그래서 '아예 내가 만들어보는 것도 괜찮겠다' 는 생각을 하게 된 겁니다.

박원순: 그래서 바로 바스통을 만들었나요?

기남해: 아뇨. 처음에는 당시 운영하던 매장과 온라인 쇼핑몰에 기존의 팔던 제품들 사이에 제가 디자인하고 만든 제품을 한두 개씩 넣기 시작했어요. 그렇게 5년을 넘게 하다가 나중에 독립해서 바스통을 만들게 된 거고요.

박원순: 처음부터 패션디자이너가 되겠다고 시작한 게 아니라 옷을 좋

아해서 옷을 팔다보니 답답한 부분이 보였고 그래서 직접 디자인을 하게 된 거군요? 저는 사실 이런 분야에 일하시는 분들은 다 해외 유학파에 어릴 때부터 그 길만 걸어오신 분들이라고 생각했어요. 워낙 잘 모르다 보니 그렇게 생각해버린 것 같군요.

기남해: 저는 제대로 전공을 했다기보다는 어깨 너머로 배운 게 전부예요. 이를 바탕으로 스스로 시도하고 실패하고 그런 과정을 거치면서 조금씩 근육을 키웠다고 생각해요. 그렇다고 제가 대단한 재능이 있다는 게 아니라 여기서 자신있게 말씀 드릴 수 있는 건 결국 의지의 문제라는 거예요. 정말로 원한다면, 노력이라는 대가를 제대로만 치른다면 꿈을 이룰 수 있다는 믿음이 있습니다. 단, 그 성공이 내가 원하는 시점에 온다는 보장은 없죠. 그래서 의지가 필요한 거고요. 제가 좀 횡설수설했죠? (웃음)

박원순: 아네요. 본인의 경험이 담겨 있어서 그런지 진심이 그대로 전달되네요.

한국의 패션산업에 대한
아쉬운 점이 있나요?

박원순: 남해씨와 이야기를 하다 보니 남해씨의 인생 키워드를 '아쉬움'으로 해야 될 거 같아요.

기남해: 네?

어리둥절해 한다.

박원순: 기존의 무언가에 아쉬움을 느껴서 더 좋은 제품을 찾으려고 외국 트레이드 쇼에도 참가해보고, 소매업을 하다가 제품에 대한 아쉬움을 느껴서 직접 옷을 만드는 사람이 됐고요.

기남해: 아~ 듣고 보니까 아주 정확하게 제 생각을 정리해주셨네요. 저도 해보지 못 한 생각인데, 역시 통찰력이 있으신 것 같아요.

박원순: 아녜요. 이번 프로젝트가 항상 그렇지만 언제나 제 예상과 다른 이야기들을 듣게 되다 보니 다양한 생각들이 많이 열려요. 지금도 듣다 보니 떠오른 거고요. 그래서 말인데 혹시 우리나라 패션산업 전반에 대해 아쉬운 점이 있나요?

기남해: 사실 오래 전부터 해온 고민인데요. 우리나라 패션기업들이 품질에 대한 고민을 좀 더 많이 하면 좋겠다는 생각은 있습니다.

박원순: 품질이라… 대부분의 생산 공장이 중국이나 동남아시아로 옮겼잖아요. 혹시 국내에서 생산되는 물량이 줄어들면서 품질이 전반적으로 낮아진 것은 아닌가요?

기남해: 이것도 반은 맞고 반은 아니라고 생각을 합니다.

박원순: 제가 오늘 반만 맞춘 게 많네요? (웃음)

기남해: 그래도 아직 한국에서 생산되는 물건들이 있습니다. 특히 중국 공장에서 만들기 어려운 원단이나 부자재가 그런 것들이죠. 고급 지퍼나 단추 같은 것들요.

박원순: 아, 아직도 한국에서 제조를 많이 해요? 인건비가 비싼데도?

기남해: 네. 왜냐하면 그 품질을 중국에서 내기는 쉽지 않으니까요. 그렇게 우리는 좋은 원단이나 부자재를 만들 수 있는 기술이 있는데도 품질에 대한 고민보다 빨리 만들고 많이 만드는 데 중점을 두는 기업이 많다 보니 뛰어난 기술을 보유한 국내 업자들이 제대로 된 쓰임을 못 받고 있는 것도 사실이죠.

박원순: 그래서요?

기남해: 그렇기 때문에 좋은 품질을 추구하는 브랜드가 지금보다 더 많아져야 한다는 거죠. 결국 찾는 기업이 있어야 그 기술들이 유지되고 더 발전할 수 있으니까. 사실 저희도 원단과 부자재를 최대한 국내 제품을 쓰고 싶은데, 제 성에 차는 자재들을 찾기 힘들어요. 최대한

국내에서 제작을 하지만 어쩔 수 없는 경우엔 수입 자재를 들여오게 되더라고요.

박원순: 좋은 브랜드가 많아지면 배후의 경공업도 발전할 수 있겠군요. 좋은 이야기네요.

맞다. 성장에는 양적 성장도 있지만 지금 당장 성과를 보이지 않더라도 우리가 추구해야 하는 질적 성장도 있는 법인데, 어쩌면 패션 산업과 관련해 이런 부분을 간과하고 있었던 것은 아닌지 생각해 보게 된다.

서울시가 어떤 일을 할 수 있을까요?

박원순: 그럼 서울시가 우리나라의 패션 산업을 위해 어떤 일을 할 수 있을까요?

기남해: 안 그래도 왠지 물어보실 것 같아서 준비를 하긴 했는데 막상 말씀 드리려니 떨리네요.

박원순: 갑자기 나까지 긴장이 되네요.

기남해: 시장님, 도시재생사업에 관심을 많이 쏟으시잖아요?

박원순: 서울시 사업에 아주 관심이 많군요? 감사합니다.

기남해: 서울시가 도시재생사업을 하면서 새로이 만들어지는 공간들이 있잖아요. 그 공간을 재능 있는 패션 디자이너들이 좋은 브랜드를 만들 수 있는 공간으로 활용하면 어떨까 합니다.

박원순: 바스통에게 이런 작업 공간이 필요한 것처럼요?

기남해: 저희는 그래도 이제 기반을 잡고 안정적으로 운영하는 회사이지만, 그럼에도 불구하고 사실 임대료 인상에 대한 걱정을 합니다. 저희도 그런데 막 시작하는 브랜드 입장에서는 공간을 얻고 유지하는 것이 정말 어려운 일이거든요.

박원순: 어떻게 할 수 있을까요?

기남해: 무턱대고 무료로 해주기보다는 5년 정도 안정적이고 저렴한 임대료를 내고 운영할 수 있도록 정책을 만들어 주시면 어떨까 싶습니다.

박원순: 그렇게 하면 좋은 브랜드가 많이 나오고 일자리도 생기겠죠?

기남해: 바스통도 정규직으로 6명의 직원을 고용하고 있습니다. 이들의 고용안정이 보장되어야 직원들이 열심히 일해서 제가 지향하는 양

품을 만들 수 있다고 믿습니다.

박원순: 그 부분에는 동의합니다. 그게 제 정책이기도 하고요.

기남해: 이제 빨리, 많이 만드는 건 중국에 넘겨주고, 동대문 같은 훌륭한 인프라를 활용해 세계적 브랜드가 나올 수 있도록 민관이 협력하면 어떨까요?

박원순: 아주 구체적인 제안이네요. 저는 사실 지금까지 '어떻게 하면 패션 위크 잘 되게 할까, 봉제 환경 개선할 수 있을까' 만 고민했는데 새로운 관점을 얻었습니다. 확실히 이렇게 만나서 이야기를 듣는 게 중요하다는 걸 다시 한번 깨닫게 되네요.

모든 인터뷰이에게 하는 공식 질문!

박원순: 오늘은 뭔가 묵직한 이야기들을 많이 나누고 가는 것 같습니다. 이제 슬슬 마무리를 해야 하는 시간이네요.

기남해: 시간이 어떻게 갔는지 모르겠어요.

박원순: 마무리 공식 질문이 있는데요. 기남해에게 서울이란? 본인이 정의하는 서울에 대해 말씀해 주세요. 뭔가 디자이너만의 새로운 관점이 기대되는데요?

기남해: 크으~ 부담을 주시는군요. 흠… 제게 서울이란… 이게 생각보다 어렵네요.

박원순: 다들 그러시더라고요.

기남해: 저는 서울이라고 하면 일단 떠오르는 단어가 다양성과 공존입

니다. 궁궐과 첨단 건축이 좁은 공간에 함께 조화를 이루고 있죠. 그런데 이게 동전의 양면과도 같아서 어떤 면에서는 일관성을 잃을 수 있는 단점을 가지고도 있어서 매우 조심스러운 접근이 필요한 부분 같아요.

박원순: 장기적인 도시계획과 브랜딩에 대한 고민이 필요한 부분이군요.

기남해: 없애고 부수고 새로 짓는 것보다 일관성을 바탕으로 우리가 가진 것들을 잘 지키면 좋겠습니다.

박원순: 좋은 의견 감사합니다. 결국 제게 또 일을 주시는군요. 하하하.

기남해: 아, 그렇게 되는군요. 전 세금을 열심히 내고 있으니 이 정도는 말해도 되겠죠? (웃음)

박원순: 물론이죠. 그럼 두 번째 질문, 오늘 저랑 함께 한 시간 어떠셨어요? 기남해에게 박원순이란?

기남해: 미디어에서 볼 때는 마냥 동네 아저씨 같고 자상한 느낌만 있었는데 막상 대화를 해보니 '포스'가 느껴지시네요. 대화를 주도하고 이끌어갈 때 어떠한 힘과 분위기를 느낄 수 있었어요. 사실 의외 아닌 의외였어요.

박원순: 그런 거 말고 좀 재미있는 이야기 없어요? 생각보다 패셔너블하다던가. 하하하.

쑥스러워서 엉뚱한 소릴 다 한다.

기남해: 음… 패션에 대해서는 예상보다 훨씬 더 모르시는 것 같았고요. (웃음) 생각보다 업무가 굉장히 많은 분이라고 느껴졌습니다. 지금이 꽤 늦은 시간인데도 어쨌든 일을 하고 계시는 거잖아요.

박원순: 최대한 줄이려고 노력하는 중이고요. 오늘은 일로써 온 것은 아닙니다. 좋은 강의를 들으러 다니는 느낌이라 저도 기분전환 되고 좋아요. 또 마지막으로 하고 싶은 이야기 있어요?

기남해: 요즘 4차 산업혁명에 대해 이야기를 많이 접하게 돼요.

박원순: 그렇죠. 미래에도 한국이 탄탄한 기반을 갖춰야 하니까요.

기남해: 네. 다 좋은데 저는 1, 2차 산업 이야기도 해야 하지 않나 싶습니다.

박원순: 농업이나 제조업에 관한 이야기 말하는 거죠?

기남해: 꼭 저희 같은 의류 제조업이 아니더라도 여러 산업이 균형적

으로 발전해야 한다고 생각합니다. '핫한 것'이 있다고 다 따라가는 것 같아서요. 강물의 퇴적층이 움직이지 않아야 물이 흐려지지 않거든요.

박원순: 참 멋진 비유네요.

기남해: 쌀을 다 수입해서 사먹을 수 없고, 경공업이라고 하면 우리나라 근대화의 역군인데 이제는 우리가 부러워하는 경공업 선진국처럼 '장인'으로 대접해주어야 하지 않나 싶습니다. 그런 일에 정부가 관심을 가져주었으면 좋겠습니다.

박원순: 남해씨와 이야기를 하면서 참 새로운 시각들을 가지게 되네요. 철학을 갖고 담대하게 나아가라는 이야기가 참 감명 깊었습니다. 오늘 참 고맙습니다.

기남해: 저도 감사합니다. 시장님.

박원순: 이제 이거 입고 집에 가면 되는 거죠?

내 농담 한 마디로 숨죽여 지켜만 보던 현장에 웃음이 터지면서 끝이 난다.

인터뷰 며칠 뒤, 기남해를 떠올려본다

롱래스팅(long-lasting), 빠르게 변하는 유행에 따르지 않고, 오래 두고 사용할수록 그 가치가 높아지는 것을 추구하는 기남해 대표의 철학을 함축하는 단어였다. 원래 〈몰라서 물어본다〉 자체가 낯선 이야기를 듣고 배우러 가는 자리지만 특히나 이번 패션 관련한 인터뷰는 내게도 힘든 도전이었다.

특히 그날 기 대표가 말해준 패션 용어들은 지금 내 머릿속에 전혀 남아 있지 않다. 한글도 아니거니와 평소에 사용하지 않는 용어들이다 보니 입에 붙지가 않았다. 그러나 그가 추구했던 가치들은 여전히 선명하게 기억난다. 특히 남들이 가지 않는 길이지만 자신이 옳다고 믿는 길에 대한 뚝심은 내게 호기심과 호감을 동시에 불러 일으켰다.

들어보니 현재 패션계는 계절마다 빠르게 새로운 상품이 출시되고 사람들은 이러한 스피드를 받아들이며 함께 빠르게 흘러간다고 한다. 이것이 정답은 아니지만 유행이고 대세이기에 사람들은 거부감 없이 받아들이고 소비한다고 한다. 그러면 옷을 제작하는 디자이너 입장에서는 어느 방향으로 가는 것이 '합리적'일까?

보통은 큰 흐름에 뛰어들어 자신의 능력을 펼치게 된다. 그래야 사회적으로 성공할 확률이 높기 때문이다. 사실 정치도 크게 다르지 않다. 시류를 잘 파악해서 잘 타고 가는 이들을 보면 속으로 대단하다고 느낀다. 정작 나는 그걸 잘 못 하는 사람임을 스스로도 잘 안다. 솔직히 노력을 안 해본 것은 아니지만 그쪽으로는 재주가 영 없음을 인정하고, 결국 다시 내가 가장 옳다고 생각하는 방향으로 고개를 돌렸다.

그리고 여기 대부분의 사람들이 택하는 길과 정반대의 길을 걸어가는 이를 만났다. 그는 우직하게 '자신만의 길'을 걷고 있었다. 유행하는 제품을 빠르게 만들어 수익을 올리는 것이 아니라 제한된 제품군을 매번 반복해서 만드는 방식을 고집하고 있었다.

혹자는 기 대표를 향해 요령이 없다, 또는 시대흐름을 잘 읽을 줄 모른다고 평가할 수도 있다. 그러한 평가를 본인도 직접 들었을 수도 있고, 이로 인해 고민을 해봤을 것이다. 나 역시 그러했으니. 그러나 그는 여전히 우직하게 자신이 '옳다고 생각하는 길'을 걷고 있었다. 어떻게 그럴 수 있냐고 물었을 때 그가 솔직히 털어놨다.

"솔직히 양품을 추구하는 디자이너로서의 사명감과 장사를 하고 직원과 가족을 책임져야 하는 사업자로서의 의무를 사이에 놓고 매일 충돌하고 있습니다. 그리고 사실 유혹도 많고요. 매일 흔들린다고 보는 게 맞습니다."

그럼에도 불구하고 어떻게 남들과 다른 길을 가느냐고 물었더니 그는 씨익 웃으며 한 마디를 남겼다.

"이게 제가 '좋아하는, 그리고 평생 가고 싶은 길' 이거든요."

덕분에 서울시장 박원순으로서, 정치인 박원순으로서 내가 추구해야 하는 가치와 앞으로 걸어가야 할 길에 대해서 다시 한 번 되짚어 보는 시간이 됐다.

어쩌면 우리가 말하는 자신만의 길이란 것은 스스로 옳다고 믿는 방향일 것이고, 옳다고 믿기 위해서 필요한 것은 바로 진심으로 그것을 좋아할 때 가능한 것이 아닐까?

솔스, 나이 든 사람은 클럽 가면 안 되나요?

DJ 겸 프로듀서

DJ소울스케이프

- 성명: DJ소울스케이프 (본명: 박민준)
- 직업: DJ 겸 음악 프로듀서
- 소속: 360사운즈
- 특징: 명실상부한 대한민국 최고의 DJ로, 2000년에 발표된 그의 데뷔 앨범
  〈180g Beats〉는 당시 평론가와 대중 모두에게 한국 힙합을 수준을 끌어
  올렸다는 평가를 받았다. 2008년 경향신문과 음악전문 웹진 가슴네트워
  크가 공동으로 진행한 〈대중음악 100대 명반〉에 들국화, 유재하, 조용
  필, 서태지와 아이들 등과 함께 선정되기도 했다. 또 2005년에는 영화
  〈태풍태양〉의 음악 감독을 맡기도 했다. 현재도 DJ로서 활발히 활동하
  는 동시에 음악 프로듀서나 디렉터로도 활동하며 윤종신 10집, 불량주
  부 OST 등 다양한 앨범에 참여하고 있다.

■ ■ ■

오늘 만나는 사람의 이름은 'DJ소울스케이프'이다. DJ? 개인적으로는 DJ를 딱 들으면 故 김대중 대통령을 먼저 떠올리게 된다. 솔직히 나와 같은 생각을 한 사람 분명히 있을 텐데, 그럼 당신도 어쩔 수 없는 아재인 것이다.

그나저나 지금까지 만난 사람 중에 가장 이름도 길고 어렵다. 그리고 직업이 진짜 DJ라고 한다. 그럼 또 자연스럽게 다방이 떠오른다. 우리 세대에게는 다방과 DJ는 떼려야 뗄 수 없는 관계다. 이것도 아재 같아서 자꾸 하지 말라고 하는데, 어쩔 수 있나? 아재는 아재인 것을. 대신 모르면 물어볼 줄 아는 아재가 되면 되는 것 아닌가?

바이닐이 뭐예요?

박원순: 처음 뵙겠습니다. 반가워요, DJ 소울즈 케이프시죠?

솔스: (당황) 네? 아, 시장님 반갑습니다. 저는 'DJ소울스케이프'라고 합니다. 소울(soul)과 스케이프(scape)를 합친 말이에요.

박원순: 아~ 소울스케이프! 저한텐 살짝 어렵네요.

솔스: 하하. 그러실 수 있어요. 그래서 주위에선 그냥 줄여서 '솔스'라

고 부릅니다. 그냥 솔스라고 편하게 불러주세요.

박원순: 아, 소울즈?

솔스: 하하. 그냥 시장님 편하신 대로 불러주세요. (웃음)

줄인 이름도 잘못 말해버렸다. 머쓱해져 말을 돌려본다.

박원순: 그나저나 여기는 LP가 굉장히 많네요. 이걸 계속 모으신 거예요?

솔스: 네, 어릴 적부터 수집한 것도 있고 최근에 구입해서 팔기도 하고요.

박원순: 여기가 판매도 하는 곳이에요?

솔스: 네 여기가 제 작업실이기도 하지만 바이닐을 판매하는 곳이기도 해요.

박원순: 바이닐이 뭐예요?

오늘도 본 인터뷰가 시작되기 전부터 폭풍 질문이 쏟아진다. 모르면 물어보라고 하지 않았던가!

솔스: 네, 레코드판을 바이닐(vinyl)이라고 해요. 한국에서는 보통 LP

라고 많이 부르죠.

박원순: 혹시 우리가 비닐이라고 하는 그 바이닐인가요?

솔스: 오~ 맞습니다. 레코드판의 재료가 바이닐이라서 그렇게 불러요.

박원순: 그럼 LP는 뭐예요?

솔스: 롱 플레이(Long Play)의 약자예요. 레코드판 중에 비교적 긴 시간동안 재생이 된다고 LP라고 해요. 이렇게 큰 판이요.

박원순: 여기 신기한 게 참 많네~. 일단 여기 좀 앉아서 이야기하시죠.

내가 보니까 오늘 진짜 물어보고 싶은 게 많아질 거 같네요. 질문 많이 해도 되죠?

솔스: 네, 제가 아는 한 얼마든지 말씀 드릴 수 있습니다.

차분하면서 신뢰감이 느껴지는 목소리다. DJ라는 영역에 대한 선입견이 깨지는 순간.

몰라서 물어봅니다. 당신은 누구십니까?

박원순: 그럼 이제 진짜 시작을 해보겠습니다. 저희 시작을 알리는 공식 질문인데요. 몰라서 물어봅니다. 당신은 누구십니까?

솔스: 모르고 오시는 게 콘셉트인 줄은 알았는데 진짜였군요. 제 이름은 박민준이고, 아티스트로 활동할 때는 DJ소울스케이프라는 이름을 쓰고 있어요. 저는 사람들에게 음악을 들려주는 일을 하는 사람입니다.

박원순: 그리고 이 레코드 가게를 운영하기도 하고.

솔스: 네, 기본적으로 제가 사람들에게 들려주기 위해서 음반을 모으는데요. 제가 소장하기도 하고 사람들에게 판매를 하기도 해요. 제가 가진 라이브러리가 궁금해서 오셨다가 음반을 사가지고 가시는 분들

이 있거든요.

박원순: 라이브러리…?

솔스: 네, 저는 기본적으로 DJ란 직업을 정의하라고 하면 데이터를 다루는 사람이라고 생각해요. 그리고 그 데이터를 제 기준으로 분류하고 정리해서 라이브러리를 만들어두죠. 쉽게 말해서 도서관 사서랑 비슷하다고 보시면 돼요.

박원순: 흥미로운 접근이네요. 그런데 데이터를 다룬다는 건 무슨 말이에요?

솔스: 음반이라는 것이 어떻게 보면 음악과 관련된 하나의 데이터라고 생각해요. 듣고 즐기는 용도의 소비재이기도 하지만, 그 시기의 특성을 담은 대중 예술이 집약되어 있는 자료로서의 가치도 있다고 생각합니다.

예상했던 대화의 흐름과 단어가 전혀 아니다. 그러나 이런 대화라서 사실 이 시간이 즐거운 것 아니겠는가?

솔스: 음악이 어쩌면 시대상을 읽어낼 수 있는 사료 같은 거라고 생각하고 접근을 하면 공부하기도 재미있습니다.

박원순: 공부를 좋아하시나 봐요. (웃음) 한 곡 또는 한 음반씩 접근하는 게 아니라 큰 흐름과 사조를 바탕에 두고 접근을 하는 거네요? 뭔가 역사학자나 문화인류학자 같아 보여요.

솔스: 하하. 비슷한 점이 있는 것 같아요. 다루는 데이터가 다른 것뿐이라고 생각해요. 그분들도 결국 각자 분야의 데이터를 다루시는 분들이니까요.

소울스케이프는 다방 DJ랑 어떻게 다른가요?

박원순: 그런데 저는 DJ하면 다른 것이 떠올라요.

솔스: 다방 DJ가 먼저 생각나시죠?

박원순: 그것도 있고, 우리 김대중 대통령이 생각이 나죠.

솔스: 그렇네요. 저는 생각까지는 못 해봤네요. (웃음)

박원순: 허허, 망치를 쥐면 다 못으로 보인답니다. 옛날에 다방에 가면요, 거기도 DJ가 있었거든요. 노래 신청하며 그 노래 틀어주면서 마이크로 이런 저런 이야기도 들려주고… 아무튼 그 DJ랑은 다른 거죠?

솔스: 어… 다르다고도 할 수 있지만요, 저는 그 본질은 같다고 생각을 해요. DJ가 디스크쟈키(Disc Jockey)의 준말인데, 음악을 틀어주는 역할을 하는 사람을 뜻합니다.

박원순: 그래도 다른 게 있지 않나요?

솔스: 시장님 젊으셨을 때는 다방에서 음악을 트는 사람들이 많았고, 지금은 라디오나 클럽에서 활동하는 DJ가 많은 거고, 그 차이죠.

큰 차이가 있을 것만 같았는데, 뭔가 싱겁다.

박원순: 그런데 우리 때 다방 DJ들은 음악도 틀지만 말을 많이 했거든요. 되게 재미있게 이야기를 잘 하는 사람들로 기억해요.

솔스: 말씀하신 다방 DJ나 라디오 DJ들은 말을 곁들이는 경우가 많죠. 그런데 음악을 트는 일이라는 점은 같습니다. 그런 점에서 다방 DJ나 떡볶이 가게에 있는 DJ나 클럽 DJ나 결국 본질은 다 같은 거죠.

박원순: 우리 솔스도 말을 재미있게 잘 해요?

솔스: 하하. 저는 말을 많이 하는 편은 아니고 주로 음악으로 이야기를 합니다. 라디오를 할 때도 그렇고요.

툭 뱉어내는 말 같지만 자신의 업에 대해 오랫동안 성찰해왔다는 게 느껴진다.

나이 든 사람은 클럽 가면 안 되나요?

박원순: 주로 클럽에서 음악을 튼다고 했는데, 클럽이 정확하게 무엇인가요? 대충은 알지만.

'젊은 애들 밤에 가서 춤추고 노는 데' 라고 하려다가 속으로 삼킨다.

솔스: 제가 방송에서 본 건데요. 클럽이라는 말 자체가 '모여들다' 혹은 '모여든 덩어리'를 뜻한다고 하더라고요. 저는 사람들이 모였을 때 생겨나는 에너지가 있다고 생각을 하는데요, 그 에너지를 표출하는 공간이면서 동시에 채우는 공간이라고 생각을 하고 있습니다.

역시나 의외의 대답이다.

박원순: 그렇군요. 그런데 저희 같은 기성세대에게 클럽은 좀 음지처럼 느껴지는 게 사실이에요. 딸내미가 클럽 간다고 하면 웃으면서 반길 수만은 없는 그런 느낌?

솔스: 사실 한국의 클럽 문화는 나이트클럽 중심으로 만들어져 왔거든요. 그러다가 자생적인 언더그라운드 문화의 발상지로서의 클럽들이 생겨난 지는 얼마 되지 않았습니다.

나이트클럽과 그냥 클럽의 차이도 사실 잘 모르겠다.

솔스: 그러다 보니까 현실적으로 그런 편견이 있을 수밖에 없다고 생각을 해요. 다양한 클럽이 있음에도 불구하고 나이트클럽 위주로 많이들 생각을 하시죠.

어렴풋하게나마 깨달은 것은 다양한 클럽의 형태가 있고 나이트클럽이란 것은 그

형태의 일부일 뿐인데, 우리 같은 기성세대들은 클럽하면 나이트클럽의 문화와 동일시 해버린다는 얘기인 것 같다.

박원순: 하긴 제가 아는 영국인 친구가 한 명 있거든요. 그 친구는 한국에 오면 꼭 홍대의 클럽을 가본다고 하더라고요. 나이도 꽤 있는 사람인데 어떻게 들어갔냐고 물어보면, 또 나름 들어가는 방법이 다 있다고 하더라고요.

솔스: 저는 그것도 잘못된 것 같아요.

박원순: 나이 든 사람이 클럽 들어가는 거요? 물을 흐릴 수도 있으니까요?

솔스: 아뇨. '나이 든 사람은 클럽을 가면 안 된다'는 생각이요. 제가 생각하는 클럽은 나이, 인종, 성별을 떠나서 모두가 음악을 자유롭게 즐길 수 있는 곳이어야 해요.

박원순: 그런데 왜 사람들이 그렇게 인식하지 못할까요?

솔스: 한국에서는 사실 클럽을 간다는 것이 이성을 만나러 가는 곳이라는 편견을 가지고 있어서 그런 것 같아요. 그렇다 보니 거기에서 발생하는 여러 문제들로 인해 음지처럼 느끼는 건데, 그것도 하나의 선입견인 것 같아요.

박원순: 저는 지금까지 클럽은 당연히 젊은 사람들끼리만 가는 곳이라고 생각했어요.

스태프: 시장님은 클럽에 가보신 적 있으신가요?

현장에 있던 스태프 한 명이 깜짝 질문을 한다. 분명 내가 가본 적 없을 거란 생각에 물었을 터.

박원순: 있죠. 그럼. 시장이 되기 전에 가봤죠. 그게 아마… 희망제작소 있을 때였나? 직원들이 가자고 해서 따라서 가본 적이 있어요.

스태프: 오~.

솔스: (웃음) 저는 그렇게 누구나 가서 음악을 즐길 수 있는 공간이 많아졌으면 좋겠어요. 시장님도 동료들과 스트레스를 풀고 새로운 에너지를 얻을 수 있는 곳으로요.

어떤 DJ가 좋은 DJ인가요?

박원순: 사실 여기 오기 전까지는 DJ라는 직업에 대한 편견이 있었거든요? 그런데 이야기를 나누다보니 솔스는 굉장히 좋은 DJ 같아요.

솔스: 그렇게 말씀해주시니 감사하지만 더 좋은 DJ들이 많습니다.

박원순: 그래요? 그럼 어떤 DJ가 좋은 DJ인가요?

솔스: 제가 감히 그런 질문에 답을 해도 되는지 모르겠네요. 음… 그래도 질문을 하셨으니 생각나는 대로 말씀을 드리자면….

겸손한 말투 뒤에 옹골찬 생각이 엿보인다.

솔스: 우선 열린 태도가 중요한 것 같아요.

박원순: 무엇에 대해서 열려야 하나요?

솔스: 음악은 물론이고요, 전반적인 문화예술 영역에 대해서요. 어떤 분야에서 경험이 쌓이다 보면 자신이 좋아하는 것을 한정 짓게 되는 경우가 많은 것 같아요.

박원순: 이것은 내가 좋아하는 것, 저것은 내가 안 좋아하는 것, 이렇게 정한다는 말이죠?

솔스: 네. 그런데 좋아하는 것을 한정 지어버리면 새로운 것을 대할 때 기대를 하지 않게 돼요. '이건 내가 좋아하는 것과 좀 다른 것 같아' 하고 생각을 미리 해버리면 더 좋은 것, 다른 것을 받아들이기 힘들어지

는 것 같아요.

나도 모르게 무릎을 탁 치게 된다.

솔스: 오픈 마인드로 끊임없이 호기심을 가지고 관심의 영역을 넓혀가야 좋은 DJ가 될 수 있을 것 같아요.

박원순: 음악을 끊임없이 공부를 해야 된다는 거네요. 이게 즐기기만 하는 게 아니라 결국 다 공부구나~.

DJ소울스케이프는 왜 LP를 고집하나요?

레코드판 하나가 눈에 들어온다.

박원순: 그런데 DJ는 꼭 이 판을 써야 해요? CD도 있고, 요즘엔 다들 스마트폰으로 음악을 듣잖아요.

솔스: 모든 DJ가 다 레코드판을 쓰는 건 아닌데, 개인적으로 저는 레코드로 하는 걸 좋아합니다.

박원순: 취향이군요?

솔스: 네. 뭐 특별한 이유가 있는 건 아니고요. 제가 처음 디제잉(DJing)을 시작했을 때부터 LP를 써서 그런지 LP가 제일 편한 느낌이에요. 말씀하신 대로 DJ들이 각자 좋아하는 매체를 씁니다. CD를 쓰

는 사람도 있고, 스마트폰으로 하는 사람도 있어요.

박원순: 솔스처럼 레코드판을 쓰는 DJ가 요즘에도 많이 있어요?

솔스: 요즘 다시 많아지는 추세예요.

박원순: 그래요? 복고가 대세인가 보죠?

솔스: 꼭 그렇다기보다는, 요즘 친구들은 LP라는 매체 자체를 못 보고 자랐잖아요. 그래서 그들에게는 LP가 과거의 매체라기보다는 새로운 매체에 가까운 것 같아요. 낯설고 신기한 것이죠.

박원순: 아~ 그러니까 옛날의 추억이 아니라 완전 새로운 거네요? 하하, 재미있네. 하긴 CD나 MP3 같은 게 익숙한 세대니까. 그럼 요즘에는 다시 이 판들이 잘 팔리겠어요.

솔스: 점점 인기를 얻는 것 같아요.

박원순: 아시다시피 제가 예전에 아름다운가게를 했잖아요. 그때 사람들이 이사 가면서 많이 기부를 하셨는데, 그걸 모아서 LP판을 파는 공간을 따로 만들고 했거든요. 혹시 알고 있어요?

솔스: 그럼요. 저도 자주 가서 많이 사고 그랬어요. 미국도 구세군에

가면 레코드 섹션이 따로 있어서 레코드 마니아들이 많이 가서 산답니다.

많은 말들을 주고받았지만 수다스럽다는 느낌보다 강의를 듣고 있는 기분이 든다. DJ의 세계에 대해 조금 더 깊게 알고 싶어진다.

어떻게 DJ가 됐나요?

박원순: 언제부터 이렇게 음악에 푹 빠지게 됐어요?

솔스: 음… 아무래도 부모님 영향이 큰 것 같아요. 부모님께서 음악을 좋아하셔서 레코드를 많이 모으셨는데요. 그러다 보니 자연스럽게 좋아하게 된 것 같아요. 부모님 따라서 어린 시절에 외국 생활을 잠깐 하기도 했는데, 음악 문화가 더 풍성한 곳에 살았던 것도 영향이 있는 것 같고요.

박원순: 듣기만 했나요?

솔스: 그러다가 고등학교 때 세운상가에서 턴테이블을 샀어요. 그리고 집에 틀어 박혀서 이리저리 만져보면서 나름 공부를 했어요.

박원순: DJ가 될 준비를 한 건가요?

솔스: 딱히 그때부터라고 하기보다는… 음… 어릴 때부터 했던 일들, 그러니까 레코드판을 수집하고 듣고 정리하고, 그리고 턴테이블을 사서 연습을 하고… 뭐 이런 모든 것들이 결국 DJ가 되는 준비였던 것 같아요.

박원순: 일찍부터 준비를 한 거구나. 그럼 고등학교 졸업하고 바로 DJ가 된 거예요?

솔스: 고등학교 졸업하고서는 대학에 진학을 했습니다. 전기전자공학과에 입학을 했는데요. 덕분에 턴테이블이나 믹서 같은 기계를 이해하는 데 도움이 됐죠. (웃음) 당시 홍대에 마스터플랜이라는 힙합클럽이 있었는데, 거기서 DJ로서 발을 내딛게 됐습니다.

박원순: 그때부터 DJ소울스케이프라는 이름을 그때부터 썼어요?

솔스: 네, 제가 사실 이렇게 이름을 지은 이유가, 평소 주로 다루는 음악이 흑인음악인데요. 이것을 흔히 '소울뮤직'이라고 부르거든요. 여기서 소울을 따왔고, 스케이프는 '뭔가를 본다'는 의미를 가지고 있는데요, 그래서 보이지 않는 음악이나 영혼 같은 걸 보이게 한다는 의미에요.

박원순: 심오한 의미가 있었군요.

솔스: 왠지 멋있어 보일 것 같아 지은 이름이죠. 하하.

박원순: DJ들은 솔스처럼 다 DJ로만 일을 하나요?

질문이 터지니까 끝이 없다. 생전 처음 만나는 직업이다 보니 궁금한 게 마구 쏟아진다.

솔스: 꼭 그렇지는 않고요. 일의 속성이 기본적으로 프리랜서다 보니까 수입이 일정하지 않거든요. 저는 운이 좋아서 관련된 일을 위주로 할 수 있지만, 다른 직업을 가지고 있으면서 DJ로 활동하는 분들도 많이 계세요.

박원순: 운이 좋은 게 아니라 실력이 좋은 거겠죠~.

솔스: 아, 아닙니다.

DJ소울스케이프의 성공 비결은 무엇인가요?

박원순: DJ들이 굉장히 많죠? 수천 명쯤 되나요?

솔스: 한국만 보면 수천 명까지는 안 되는 것 같고, 한 천여 명 되지 않

을까 싶습니다.

박원순: 그 중에서 솔스처럼 성공하려면 어떻게 해야 해요? 오늘 여기서 비결을 공개해 주세요.

솔스: 아, 몸 둘 바를 모르겠네요. 다만 제가 생각하기에 제가 남들보다 더 열심히 하고 있다고 생각하는 일은 과거의 음악들을 모으고 나

름대로 분류를 하는 일이에요.

박원순: 과거의 음악을 모으고 분류한다고요?

솔스: 네, 그러니까 수많은 음악들을 체계화한다고 생각하시면 됩니다. 아까 말씀드린 라이브러리를 구축하는 거죠. 제 활동은 이 체계화된 음악을 나름대로 소개하는 것이고요.

박원순: 옛날 다방 DJ들은 주로 손님들 신청곡을 받아서 틀어줬는데 솔스는 먼저 소개하는 편이군요. 그렇게 이해하면 되나요?

솔스: 저는 라디오를 할 때도 "이번 주에는 이런 주제를 가지고 아티스트를 골라봤습니다"라는 식으로 먼저 제안을 하는 편이에요. 사람들이 경험해보지 못했지만 제가 미리 공부를 해서 알고 있는 것들을 알려드리는 거라고 할 수 있죠.

박원순: 아~ 이제 알겠네요. 솔스의 경우는 음악에 대한 이해 수준이 높고, 그 지식의 범위가 방대하기 때문에 사람들이 좋은 DJ로 인정을 해주는 거 아닌가요?

솔스: 그렇게 말씀해주시면 감사하죠. 하하. DJ라는 직업이 전문성을 가지기 위해서는 말씀하신 대로 다양하고 깊은 데이터베이스가 있어야 해요. 그리고 그것을 상황에 맞게 취사선택해 전달할 수 있어야 하

죠. 적어도 음악 어플리케이션에서 추천해주는 것보다는 깊이 있게 추천을 해줄 수 있어야 한다고 생각해요. 앞으로는 첨단 기술로 무장한 인공지능과의 대결에서도 이겨야 하니까요. 하하하.

사람들의 기억 속에 어떻게 남고 싶나요?

박원순: 〈몰라서 물어본다〉를 하면서 매번 느끼는 거지만 지금도 이렇게 잘 하고 있는데, 앞으로는 대체 어떻게 될지 너무 궁금합니다. 솔스의 앞으로 남은 목표는 뭐예요?

솔스: 일단 제가 내년에 마흔이 됩니다. 그래서 새로 시작하는 친구들에게 자리를 만들어주는 일에 힘을 써봐야겠다는 생각이 들어요. DJ라는 영역과 음악에 대해 관심을 가지고 접근하는 친구들에게 좋은 창구가 되어주고 싶어요.

박원순: 신기하네요.

솔스: 네? 뭐가요?

박원순: 이번 프로젝트를 하면서 지금 솔스처럼 말하는 분들이 많았어요. 자신의 성공에서 그치는 것이 아니라 후배들을 챙기는 얘기요. 좋은 창구가 되기 위해서는 그럼 어떤 일들을 할 수 있을까요?

"
제가 소개해준
음악이나 아티스트를
기억해줬으면 좋겠어요.
저보단 제가 한 활동을
기억해주면 좋지 않을까요?
"

솔스: 아, 예를 들자면 음악을 틀고 들을 수 있는 공간을 만드는 일이 있겠네요. 제가 하고 있는 일 중에 하나가 현대카드에서 운영하는 뮤직 라이브러리라는 공간이 잘 운영되도록 돕는 일인데요. 이곳은 음악에 관한 다양한 경험을 할 수 있는 곳이거든요.

박원순: 시민들이 가서 즐기는 공간이군요.

솔스: 네. 그런 공간이 많은 변화를 만든다고 생각합니다. 젊은 친구들 사이에서는 뮤직 라이브러리 때문에 DJ에 관심을 가지게 돼서 DJ가 된 친구들도 많거든요.

박원순: 요즘 말로 '덕질'을 할 수 있는 공간을 만드는 거군요. 그리고 보니 솔스도 일종의 덕후 아녜요? (웃음)

솔스: 네. 맞습니다. 좋아하는 것을 팔 수 있도록 해주면 알아서 성장하고 발전하거든요.

박원순: 멋진 생각이네요. 오늘 멋지다는 말을 제가 많이 하는 것 같아요. 그럼 솔스는 사람들의 기억 속에 어떻게 남고 싶나요?

솔스: 어… 사실 저는 저를 기억해주지는 않았으면 좋겠습니다.

정말 생각하지 못한 답변이다.

솔스: 대신 제가 소개해준 음악이나 아티스트를 기억해줬으면 좋겠어요. 저보단 제가 한 활동을 기억해주면 좋지 않을까요?

박원순: 와, 정말 대단하다. 후배들이 존경할 만하네요. 별명이 뭐라 그랬죠? 무슨 대형? 그럴 만하네, 진짜.

솔스: 하하, 당산대형입니다. 그건 그냥 동생들이 저 놀리려고 부르는….

박원순: 맞다. 당산대형! 난 그 후배들 마음을 알 것 같은데요? 그 정도로 추앙을 받으려면 이런 태도와 마음가짐을 가지고 있어야 하는구나!

솔스: 사실 그런 거라기보다는 저는 저를 알아보는 게 창피하고 부담스럽거든요.

왜 후배들이 그를 여전히 따르는지 알 것 같다.

서울시가 DJ들을 위해 무엇을 할 수 있을까요?

박원순: 서울시가 DJ들이라던지 음악계를 위해 했으면 하는 일이 혹시 있어요?

솔스: 일단 이런 소통의 창구를 만드는 거 자체가 좋은 것 같고요. 더 나아간다면 자생적인 발전이 이루어질 수 있도록 응원을 해줬으면 좋겠어요. 활동할 수 있는 공간이나 기반을 많이 지원을 해주시면 좋겠어요.

박원순: 또 다른 것은요?

솔스: 재미있는 기획을 많이 해주시면 좋겠다는 생각도 듭니다. 아까 들어오실 때 보여드린 LP가 북서울미술관에서 열린 〈아시아 디바: 진심을 그대에게〉라는 전시를 계기로 만들어진 건데요. 6-70년대 대중문화의 아이콘들에 주목한 전시였어요. 연계된 공연도 있었고, 이 음반도 만들어졌고요.

박원순: 오, 서울시에서 그런 일을 했구나. 이 음반에는 어떤 곡들이 들어있어요?

솔스: 6-70년대 활동하셨던 사이키델릭 음악을 하던 여가수들의 음악이 들어있어요. 김추자라든지, 양미란이라든지 하는 분들의 음악이요. 이런 작업은 역사적 유산을 복원한다고도 볼 수 있어서 굉장히 중요한데요. 개인이 하기는 쉽지 않거든요.

박원순: 어디서 했는지는 모르지만 참 잘 했네요.

솔스: 하하, 네. 그렇습니다.

모든 인터뷰이들에게 하는 공통 질문!

박원순: 너무 재미있게 이야기하다 보니 벌써 시간이 이렇게 됐군요. 이제 마지막 질문인데요. 약간 예능처럼 짠 질문들이에요. 솔스에게 서울이란?

솔스: 제가 가끔 해외에서 초청을 받아서 음악을 틀러 갈 때가 있는데요. 저를 부르는 이유는 딱 하나예요. 제가 한국 음악을 많이 가지고 있고, 한국 음악으로 디제잉을 하는 몇 안 되는 DJ 중 한 명이기 때문이죠. 그들에게 저는 '서울에서 온 서울음악을 트는 DJ'인데, 그게 가능한 이유도 지금까지 축적된 서울만의 문화유산 덕분이 아닐까 합니다. 서울에서 나고 자랐으니까요. 참 감사한 곳이죠.

박원순: 맞아요. 서울의 문화유산들이 정말 대단한 것들이 많죠. 그런데 음악에 대해서는 제가 좀 몰랐는데 오늘 참 많이 배웠습니다. 혹시 박원순이라는 사람 원래 알았어요?

솔스: 하하하하. 그럼요. 시장님 모르는 사람이 얼마나 되겠어요~.

박원순: 그럼 솔스에게 박원순이란?

솔스: 저는 전부터 시장님이 문화 예술 분야에서 활동하는 사람들을 만나시는 걸 봤거든요. 그런 걸 보면서 '아, 세상이 많이 달라졌구나' 하는 생각을 하게 만든 장본인 중 하나셨어요.

박원순: 그것 참 고마운 이야기네요. 더 분발하겠습니다. 아자!

고마우면서도 어깨가 무거워진다. 갑자기 젊은 시절이 스치면서 초심에 대해 잠깐 떠올려본다.

박원순: 자, 마지막으로 하고 싶은 이야기가 있으면 마음껏 하셔도 됩니다. 저를 꾸짖으셔도 좋습니다.

솔스: 음, 저는 DJ니까 말 대신 음악으로 마무리를 하면 어떨까요? 시장님께 음악을 한 곡 추천해 드리고 싶어요.

박원순: 좋은데요! 바로 들어볼 수 있나요?

솔스: 네. 아까 보여드린 〈진심을 그대에게〉 레코드에 들어있는 노래인데요. 제목이 좀 의미심장한 것 같기도 하네요.

박원순: 제목이 뭐길래요?

솔스: 양미란과 히 파이브라는 60년대 후반 그룹의 노래인데요. '달콤하고 상냥하게' 라는 제목의 곡입니다.

박원순: 〈진심을 그대에게〉란 앨범에서 '달콤하고 상냥하게' 란 곡을… 참 근사하네요. 지금 바로 들어볼까요?

90년대 말에 나는 성희롱 피해자를 변호한 적이 있다. 당시만 해도 '성희롱'이 범죄이고 처벌받을 만한 일이라는 인식이 부족할 때였다. 사회적으로 문제 있는 행동이기는 하지만 범죄라고까지 치부할 것은 아니라는 인식이 있었다.

그 사건의 피해자는 대학에서 조교로 일하고 있었는데, 학과 교수로부터 불필요한 신체 접촉과 성적 발언을 지속적으로 당해온 사건이었다. 그 사건을 접했을 때 나는 그 인식이 곧 깨져버릴 고정관념이라는 생각이 들었다.

한국보다 인권 의식이 높은 나라들에서는 이미 '성희롱'은 엄중한 잘못으로 여겨지고 있었고, 국내에서도 인권의식이 점점 높아지는 추세였으므로 성희롱이 범죄화되는 것은 시간 문제였다. 다만 그 시간을 얼마나 앞당기느냐가 중요했다. 피해를 조금이라도 더 줄여야 했기 때문이다.

결국 대법원까지 가서 가해자의 책임을 묻는 데 성공했고, 이 판결이 성희롱이 명백한 범죄임을 알리는 신호가 되었다. 이런 일이 가능했던 이유는 당시 나와 동료들이 고정관념을 뛰어넘는 상상력을 발휘했기 때문이다. 통념에 맞추어 생각했다면 성희롱을 이유로 대학 교수를 처벌하는 일은 언감생심이었을 것이다.

이런 경험이 있기에 나는 스스로 통념이나 고정관념에서 나름 자유로운 사람이라고 자평했다. 그런데 요즘 〈몰라서 물어본다〉를 하면서 꼭 그렇지 않다는 생각도 가끔 하게 된다.

인터뷰 도중에 "클럽에는 젊은 사람들만 가는 것 아니냐"고 질문을 했다. 그랬더니 DJ소울스케이프는 자신이 생각하는 클럽의 바람직한 모습은 그게 아니라며, 인종, 종교, 나이, 성적 정체성에 상관없이 누구나 자유롭게 음악을 즐길 수 있는 곳이기를 바라고 그렇게 되어야 한다는 것이었다.

큰 충격을 받았다. 클럽은 하나의 사례일 뿐, 어쩌면 내가 가지고 있는 고정관념과 편견은 생각보다 많을 수 있겠구나 하는 생각이 들었다. 특히 클럽과 DJ 문화처럼 내게 익숙하지 않은 젊은이들의 문화나 새로 태어나는 영역에 있어서는 내가 틀을 깨는 상상력을 발휘하기가 쉽지 않겠다는 생각이 들었다.

청년들을 만나 그들의 젊은 생각을 많이 흡수하고 싶었다. 그래서 이번 프로젝트를 시작한 것이고. 그 생각은 지금도 유효하며 DJ소울스케이프를 비롯한 여러 친구들 덕분에 참 많이 배웠다. 그런데 그보다 더 중요한 배움은 나의 한계를 성찰한 것이다. 내가 할 수 없는 일이 분명히 있다. 그런데 감사하게도 다행히도 그 부족함을 채워줄 수 있는 재능 있는 친구들이 세상에 참 많다.

　그들의 오감과 마음을 빌리는 것은 물론, 선배로서 진짜 그들이 활약할 수 있는 기회를 만들어줄 수 있어야 한다는 생각에까지 다다른다. 통념을 뛰어 넘을 수 있는 재기발랄한 청년들에게 기회가 충분히 주어질 때 우리는 원만하게 미래로 나아갈 수 있으리란 생각이 든다. '달콤하고 상냥하게' 말이다.

웹툰 작가에게 실력보다 중요한 게 있다고요?

웹툰 작가
무적핑크

- **성명:** 무적핑크 (본명: 변지민)
- **직업:** 웹툰 작가
- **소속:** 와이랩(만화콘텐츠 전문 제작사)
- **특징:** 〈조선왕조실톡〉이라는 웹툰을 네이버에 연재해 큰 인기를 얻는 웹툰 작가이다. '네이버 최연소 연재 작가', '서울대 작가', '엄친딸 작가'와 같이 사람들의 호기심을 불러일으키는 키워드로 관심을 받았지만, 오히려 이러한 배경을 뛰어넘고 창의적인 시선과 탄탄한 스토리로 오랫동안 독자들의 사랑을 받고 있다. 현재 100만 명이 넘는 독자를 보유하고 있는 대한민국 웹툰계의 대표 작가 중 한 명으로 꼽힌다.

드디어 마지막 인터뷰, 오늘의 주인공은 웹툰 작가 무적핑크라는 분이다. 최근 감기로 목소리가 제대로 나오지 않아서 그게 걱정이다. 대미를 장식할 인터뷰인데 혹시 나로 인해 인터뷰가 원활하지 않으면 어떡하나 걱정이 앞선다. 특히 오늘은 더 잘하고 싶기 때문에.

마지막이기도 하지만 특히 오늘 주인공은 역사를 소재로 한 웹툰을 그려서 유명해졌다고 하니 기대가 된다. 사실 웹툰은 잘 모르지만 역사에 관한 이야기라면 대학에서 사학을 전공한 나로선 오늘 인터뷰가 설렐 수밖에 없다. 특히 내가 처음 만든 시민단체가 '역사문제연구소' 지 않은가.

목만 좀 도와주면 좋으련만. 여전히 목이 좀 칼칼하다.

무적핑크 대신 송강선생이라고
불리고 싶다고요?

박원순: 안녕하세요, 무적핑크씨? 무적핑크님? 어떻게 불러 드릴까요?

무적핑크: 시장님~ 안녕하세요! 그냥 무적핑크라고 불러주시면 돼요.

박원순: 지코도 그렇고, 아방, 소울스케이프도 그렇고… 최근에 만난

친구들 다 어떻게 불러야할지 어렵더라고요. 항상 버벅대, 처음엔. 아, 쎈님은 편했어요. 이름에 아예 '님' 자가 붙어 있어서. (웃음)

무적핑크: 그냥 무적핑크라고 불러주세요.

박원순: 이름이 참 멋있고 독특한데, 사실 '무적' 이랑 '핑크' 가 언뜻 연결이 잘 안 되잖아요. 무슨 뜻이에요?

무적핑크: 시장님 혹시 후레시맨이라고 아세요?

박원순: 아뇨… 모르는데….

이 인터뷰만 오면 참으로 아는 게 별로 없는 사람이 된다, 매번.

무적핑크: 어릴 때 꿈이 사람을 살리는 거였어요. 그런데 후레시맨이 딱 그런 거예요. 평소에는 평범한 사람들인데 위기가 닥치면 변신해서 지구인들을 지키거든요. 그래서 후레시맨을 좋아했는데, 그 중에서도 여성 캐릭터가 옐로우와 핑크 두 명이었어요. 그런데 잘 보니까 둘 다 여성인데 싸우는 방식이 좀 다르더라고요?

박원순: 어떻게요?

무적핑크: 옐로우는 좀 여성스러운 액션을 하더라고요. 예쁘게 적을

때린다고 할까? 그런데 핑크는 핑크색 부츠를 신고 적들을 무참히 짓밟더라고요.

박원순: 허허, 아주 무서운 사람이네. (웃음)

무적핑크: 그렇게 그때부터 핑크 후레시맨을 좋아했는데 우연히 중학생 때 온라인에서 쓸 닉네임을 만들어야 하는 상황이 온 거죠. 그때 뭘 할까 고민하다가 무적의 힘을 가진 핑크색 후레시맨이 떠오른 거죠. 그래서 줄여서 무적핑크로 지었는데 요즘엔 너무 창피해요.

박원순: 아니, 왜요? 얘기만 들어도 아주 멋있는데…?

무적핑크: 역사 웹툰을 그리다보니 국사편찬위원회 선생님들을 만날 일이 생기더라고요. 그분들을 뵐 때마다 "안녕하세요, 무적핑크입니다"라고 소개를 하게 될 줄이야…. 이럴 줄 알았으면 차라리 '송강'이나 '도산' 이런 걸로 지을 걸 그랬어요….

숨죽이고 있던 현장에 웃음이 터진다. 오늘도 현장에는 웃음이 많을 예정이다. 이제는 딱 느낌이 온다.

박원순: 에이~ 아네요. 그분들은 오히려 그런 걸 재미없어 할 걸요? '송강 변지민 선생' 보다 '무적핑크'가 훨씬 멋진데요?

무적핑크: 하긴, 무적이라 막을 사람이 없죠.

몰라서 물어봅니다. 당신은 누구십니까?

박원순: 제가 오늘 궁금한 게 많습니다. 마음이 급하니 바로 시작해 볼까요? 시작은 항상 이 질문으로 합니다. 몰라서 물어봅니다. 당신은 누구십니까?

무적핑크: 네 저는 〈조선왕조실톡〉, 〈실질객관동화〉 등의 작품을 그린 웹툰 작가 무적핑크입니다. 본명은 변지민이고요.

박원순: 그나저나 아까 살짝 들었는데 아직 대학생이라고 하던데, 몇 학년이에요?

무적핑크: 10년째 졸업을 못하고 있습니…

박원순: 하하하. 10년째 대학생이네요.

무적핑크: 2009년도에 입학을 해서 아직까지… 요원하지요.

쓰는 어휘가 예사롭지 않다. 역사공부를 많이 한 탓인가?

박원순: 뭐 그런데 대학을 꼭 졸업할 필요는 없지 않나요?

무적핑크: 그 말씀을 저희 엄마님한테 저 대신 좀 해주세요.

박원순: 아하하. 사실 부모님들은 항상 그래요. 무적핑크가 처음에 웹툰 그린다고 했을 때 부모님이 말리지 않으셨어요?

무적핑크: 네, 언제 때려 치고 토익 공부할 거냐고 하셨죠.

박원순: 부모님 말씀은 안 듣는 게 좋아요~.

무적핑크: 시장님도 어버이시잖아요.

두 손으로 나를 가리키는 순간 나도 모르게 웃음이 터지고 만다. 말로 설명하기 어려운 매력을 가진 그다.

박원순: 나도 옛날엔 그랬죠. 다른 부모랑 다를 바가 없었는데 요즘 〈몰라서 물어본다〉를 다니면서 새로운 세상을 이해하게 되니까 조금씩 생각이 바뀌더라고요.

무적핑크: 어떻게요?

박원순: 자기가 좋아하면서도 잘할 수 있는 것을 찾아야 한다는 거. 그리고 더 중요한 건 사회의 시선이나 인식에서 좀 자유로워질 필요도 있는 것 같아요. 무적핑크는 즐겁고 행복하죠?

무적핑크: 즐겁고 행복하고, 게다가 돈도 잘 벌고 있지요.

당당하고 솔직하게 '이런 얘기해도 되나?' 하는 것들을 아무렇지 않게 한다. 확실히 우리 세대와는 다르다.

미녀작가, 서울대 출신
이런 수식어 들으면 솔직히 어때요?

박원순: 조금 무례할 수도 있는데 왠지 무적핑크라면 솔직하게 말할 수도 있을 것 같아서 질문을 해 봐요.

무적핑크: 뭘까요? 은근 긴장되는데요?

박원순: 오기 전에 검색을 쓱 해봤더니 '미녀작가', '서울대 출신' 이런 수식어들이 따라 붙던데… 솔직히 어때요?

무적핑크: 어… 사실 외모에 대한 것은 저랑 별로 상관없어서, 제가 미녀가 아니니 크게 신경 쓰지 않아도 되는 거잖아요?! (웃음) 그런데 서울대 작가라는 건 저에게도 극복의 대상이에요. 어릴 때는 저도 마냥 자랑스러운 거라고만 생각했는데 막상 활동하다보니 거기서 끝이 아니더라고요. 제가 노력해야 될 부분이 있더라고요.

박원순: 극복? 뭘 노력해야 되죠?

무적핑크: 사람들이 "쟤는 서울대니까 역사 웹툰 그리는 구나" 이런 이야기요.

박원순: 하긴 화려한 간판 때문에 그 식당의 밥이 얼마나 맛있는지 모를 수도 있을 것 같아요.

무적핑크: 오~~

박원순: 원래 꿈은 뭐였어요?

무적핑크: 아까 말씀 드렸듯이 사람을 살리고 싶었어요.

예상 밖의 답변들이 날아온다. 이렇게 자기 색깔과 생각이 확실한 그가 어떻게 웹툰의 길로 들어오게 된 건지 궁금해진다.

웹툰 작가는 어떻게 하게 됐나요?

박원순: 사람을 살리고 싶었는데 어떻게 웹툰 작가가 됐어요?

무적핑크: 제가 수학을 잘 못 해서요.

박원순: 수학이요?

무적핑크: 의사가 되려면 수학을 잘 해야 하잖아요. 사람을 살리고 싶으니까 의사가 되고 싶었는데, 수학을 제가 잘 못 하더라고요.

박원순: 나랑 똑같네. 나도 수학 빵점 맞고 그랬는데….

무적핑크: 그래서 문과 쪽에서 찾아보니까 변호사가 그나마 사람을 살리는 일을 하는 것 같더라고요. 그런데 제가 교대역인가? 암튼 그 변호사 사무실 쫙 있는 곳 있잖아요.

박원순: 맞아요. 서초역이랑 교대역 사이.

무적핑크: 네 거기! 어느 날 거기를 지나게 됐는데 그 수많은 간판들을 보니까 왠지 제가 꿈꾸는 삶이 거기 있는 것이 맞나 하는 생각이 들었어요.

박원순: 그러다 어떻게 웹툰 작가로 갑자기 바꿨어요?

무적핑크: 사실 어린 시절부터 그림 그리는 걸 좋아했어요. 그리고 제가 한편으로는 성적도 좋은 아이였거든요?

아까도 느꼈지만 우리 세대는 쉽게 할 수 없는 말들을 쉽게 한다. 이게 결코 잘난 체로 느껴지거나 상대방을 불편하게 만들지 않고, 그냥 무심히 툭 사실이 던져진 느낌이다.

무적핑크: 고등학생 시절에 이 두 가지 장점을 잘 살릴 수 있는 방법이

뭘까 고민을 했어요. 그런데 마침 전교에 단 한 분 계시던 미술선생님이자 저의 담임선생님께서 답을 주시더라고요.

박원순: 그게 뭐였죠?

무적핑크: 선생님께서 "니가 좋아하는 공부도 하면서 그림을 그릴 수 있는 학교가 있는데, 거기가 서울대 미대야"라고 하시는 거예요. 보통 미대 하면 다들 홍대를 떠올리잖아요. 저도 그랬거든요. 선생님 말씀에 "가즈아!" 했는데 수능 마킹 실수해서 9등급 나왔죠.

박원순: 그래서요? 그래도 합격했어요?

무적핑크: 네? 아뇨. 재수했죠….

박원순: 그럼 대학생이 되어서 웹툰을 그리게 된 건가요?

무적핑크: 네. 학교를 다니면서 공부도 했지만, 워낙 그림 그리는 것을 좋아하고, 또 제가 은근히 덕질하는 것을 좋아하는데요. 일종의 덕질하는 느낌으로 만화를 이리저리 그렸어요. 그리고 그걸 인터넷에 올려보니까 제 만화에 대해 좋은 반응이 나왔고, 연재를 하게 됐고, 그러다 보니 어느 새 이렇게 웹툰 작가가 되어 있었죠.

박원순: 그러니까 '웹툰 작가가 되어야지' 하고 그 길로 간 건 아녔네

요? 그래도 끝까지 자기가 좋아하는 걸 놓지 않았네요. 그게 쉬운 건 아니거든요. 보통 사람들은 대학 졸업하고도, 아니 제법 나이가 들어서도 인생에서 뭘 해야 할지, 또 뭘 좋아하는지 모르는 사람이 많아요.

잠깐 어린 시절의 부모님 말씀이 스쳐간다.

박원순: 솔직히 저도 부모님이 하라고 해서 서울대도 가고, 물론 바로 짤렸지만. 그리고 고시 공부해서 검사가 됐는데 영 내 적성에 안 맞더라고요. 해보고 나서야 알았어. 하하하. 그리고 나이가 들어서야 내가 뭘 좋아하는지 깨달았어요.

무적핑크: 뭘 좋아하셨는데요?

박원순: 사람들의 삶과 공동체를 지키는 거요. 그래서 시민운동 했어요.

무적핑크: 우리 둘 다 사람을 살리고 싶었네요?

박원순: 그런데 우리 지금 약간 재수 없는 이야기 하느라 정작 웹툰 얘기는 하나도 못 한 거 알죠? 우리 이러다 돌 맞아요. (웃음)

이제 그의 작품을 집중적으로 파헤쳐 보려 한다.

임금과 신하의 카카오톡 500년 어치라고요?

박원순: 아까 역사 덕후라고 했잖아요. 사실 무적핑크가 그린 웹툰을 아직 못 봤는데, 웹툰계의 사극을 그린 거라고 보면 되나요?

무적핑크: 보여드리려니 살짝 민망하네요. 이게 제 대표작 〈조선왕조 실톡〉인데요. 시장님이 좋아하실 것 같기는 해요. 히히히.

책을 받아 들고 쭉 훑어본다.

박원순: 이게 내가 생각했던 거랑은 좀 다르네요. 만화가 꼭 카카오톡 대화창 같네요?

무적핑크: 조선왕조실록을 많은 분들이 굉장히 근엄한 것이라고만 생각을 하시는데, 사실은 임금과 신하의 500년짜리 대화록이거든요. 요즘으로 치면 카카오톡 대화창 같은 거죠.

박원순: 굉장히 기발하네요. 어떻게 이런 형식을 활용할 생각을 했어요?

무적핑크: 요즘 친구들이 엄빠 얼굴보다 많이 보는 것이 카카오톡 화면이에요. 옛날 신화와 임금님 사이에 있었던 재미있는 일을 요즘 친구들이 익숙한 형식으로 전달하면 재미있게 받아들이겠다 싶었죠.

박원순: 주상전하인 정조하고 당시 세도가였던 김조순이 카톡으로 대화하고 그러겠구나!

무적핑크: 그렇죠! 임금님께 진상품을 올릴 때는 기프티콘으로 보내는 식이죠. 서로 셀카도 보내고요.

죽이 척척 맞는다.

박원순: 조선왕조실록이 위대한 건 모두가 알지만, 정작 읽어보는 사람은 많지 않거든요. 그런데 조선왕조실톡은 많은 사람들이 보니까 이건 형식의 승리네요, 무적핑크의 창의력이 발휘된. 무적핑크 승!

무적핑크: 허허, 감사합니다. 그런데 실록에 원체 재미있는 내용이 많아요. 임금님 한 분 한 분이 되게 웃기거든요. 이게 밤새도록 이야기할 수 있는 주제인데….

박원순: 하하, 그럼 밤새도록 이야기 한 번 해봅시다.

진짜 시간만 있으면 밤새 역사 이야기꽃을 피울 수도 있는데… 그러나 나도 내일 출근을 해야 되는 공무원이지 않은가.

세종대왕이 그렇게 반찬투정을 했다고요?

무적핑크: 보통 세종대왕이라고 하면 연상되는 그림이 한 손에는 훈민정음, 한 손에는 측우기 들고 있는 모습이잖아요? 되게 근엄하고 진중한 인상이죠. 그런데 이분이 그렇게 반찬투정을 했어요.

박원순: 어, 세종대왕이? 그런 거 전혀 몰랐네요.

무적핑크: 막 반찬이 마음에 안 든다고 식사를 안 하시고, 자꾸 수라 메뉴 물어보셨던 것들이 다 담겨있어요.

박원순: 그런 것들까지 실록에 다 담겨 있군요. 처음부터 실록이 재미있는 줄은 몰랐을 것 같은데, 어떻게 관심을 갖게 됐어요?

무적핑크: 음… 처음에는 인간의 근본적인 부분을 다루는 책을 찾고 싶었어요. 그러다가 조선왕조실록, 삼국유사, 사기, 삼국지 등의 역사책들을 읽게 됐고요. 오래 전에 쓴 책이고 분량도 많으니까 어떤 진리를 발견할 수 있지 않을까 싶더라고요.

오늘도 예상치 못한 답변 투성이의 날이다.

박원순: 그래서 발견을 했어요?

무적핑크: 오히려 그런 생각 자체를 반성하게 됐어요. 그냥 사람들이 잘 먹고 잘 살면 그게 진리겠구나 싶더라고요.

조선왕조실록에서 진리를 발견했다고 할 줄 알았는데 그는 또 예상을 빗나간다.

무적핑크: 읽어보니까 세상사가 지금이랑 다를 것이 하나도 없었어요. 그 위대한 정조대왕도 아들이랑 공부 문제로 싸웠고, "왜 내가 세 번 말한 거 네 번 말하게 만드냐"고 다투고 했더라고요.

박원순: 정조도 아빠니까. 원래 자식 문제만큼 마음대로 안 되는 것도 없어요. 나중에 키워보면 알아. (웃음)

무적핑크: 요즘 점점 결혼 안 한다고 사회가 난리인데, 조선 시대에도 왕이 노총각, 노처녀들한테 결혼 왜 안 하냐고 묻고 그랬어요. 돈이 없어서 못 한다고 하면 쌀 주면서 결혼 좀 하라고 하고. 이런 일상들로 500년이 꽉 채워져 있더라고요.

박원순: 정말 재밌다. 우리도 요즘 청년들 위해서 청년수당 만들고, 저출산대책 만들고 하는데 그거랑 꼭 같네요.

무적핑크: 네. 먹고 사는 게 최고의 문제죠. 그러니까 잘 좀 해주세요! 어깨가 무거우십니다~.

언중유골. 다시 한 번 마음을 가다듬는다.

정조를 좋아하는 이유가 뭐예요?

박원순: 하하, 알겠어요. 잘 해볼게요. 실록을 자세히 읽었잖아요. 특히 좋아하는 왕이 있어요?

무적핑크: 본디 저는 정조를 사모해왔는데….

박원순: 훌륭한 분이긴 하죠. 그런데 이유가 뭔가요?

무적핑크: 잘 생겨서…?

잘 생겨서라니….

박원순: 아이쿠, 예상 못한 답변이네. 그런데 정조대왕이 잘 생겼어요? 그런 얘긴 처음 들어보네요.

무적핑크: 그럼요, 킥킥…. 할아버지인 영조의 부인 무수리 최씨가 굉장한 미인이었다고 해요. 정조는 그 피를 물려받아서인지 미남이었다고 해요. 이거 보세요~. (정조 어진을 보여주며)

무적핑크: 또 좋은 일도 많이 했고, 자기 고집을 끝까지 밀어부쳤던 몇
안 되는 왕이었고요. 수원 화성이 그의 결과물이죠.

박원순: 뭐야, 잘생겨서만은 아니었네요.

무적핑크: 조선이 임금이라고 해서 자기 마음대로 할 수 있는 나라가 아니었잖아요.

박원순: 오~ 역시. 그걸 아시네요. 맞아요.

무적핑크: 큰일을 해내려면 지치지 않고 꾸준히 신하들을 설득해서 인력과 재물을 움직여야 하는데 정조는 그걸 해냈어요. 자신의 정신적인 성취를 온전히 쏟아 부은 도시를 만들어낸 거죠. 굉장히 멋있어요.

박원순: 그걸 또 백성들에게 강제로 시킨 게 아니기도 하고요.

무적핑크: 네. 백성들을 강제로 징용해서 착취한 것이 아니라 월급 쥐가면서 화성을 지었죠. 지혜만 갖춘 게 아니라 백성을 사랑하는 마음까지! 그래서 정조를 참 좋아했는데…

박원순: …했는데?

무적핑크: 요즘은 또 다른 분에게 푹 빠졌습니다.

점점 흥미진진해진다. 동화에 나오는 이야기보따리를 파는 장수 같다.

그래서 변심한 상대는 누구예요?

박원순: 한참 칭찬을 해놓고 다른 사람에게 빠지다니… 대체 누군가요?

무적핑크: 요즘은 세종대왕님께 푹 빠졌어요.

박원순: 세종대왕 훌륭한 거야 대한민국 국민이면 누구나 다 알지만, 왠지 무적핑크에게는 좀 색다른 이유가 있을 것 같은데… 왜 세종이에요?

무적핑크: 공부를 많이 해서요.

역시나 예상치 못한 답변. 이제는 감히 예상할 생각도 안 한다.

박원순: 그러고 보면 저도 참 반성을 해야 되는 거 같아요. 책 볼 시간이 없거든요. 업무 보고, 외부일정 다니고 나면 시간이 없는데 조선의 왕들은 아침부터 공부로 시작했죠? 그걸 '경연'이라고 하죠?

무적핑크: 네! 맞아요. 경연이 임금이 학문을 연마하고 신하들과 국정에 관해서 논하는, 지금으로 치면 스터디 같은 거죠.

박원순: 스터디라, 딱 그렇군요.

무적핑크: 정조도 물론 공부를 많이 했던 왕이기는 한데요. 약간 얄미운 스타일이었어요. 아랫사람들의 기를 죽이는 왕이었거든요. 예를 들면 신하랑 왕이랑 싸울 수 있잖아요? 신하가 "이러이러한 문헌을 보면 이렇게 나와 있기 때문에 임금님 말씀이 틀렸습니다"라고 하면, 정조는 그 문헌을 첫 장부터 끝장까지 다 외면서 이렇게 말하죠. "네가 이야기한 책이 이거지? 보다시피 나 다 외우고 있는데, 내 말이 맞는 거 아닐까?" 하면서 지력으로 상대를 누르는 거죠.

박원순: 와… 진짜 똑똑했나 보네요.

무적핑크: 그런데 세종대왕은 똑똑하면서도 그걸 자랑하지 않으셨어요. 신하가 실수를 하면 세종대왕께서는 "내가 부족했구나. 내가 너랑 공부를 같이 했어야 했는데… 미안해. 다음에는 우리 같이 공부를 해보자꾸나" 하는 식이죠.

순간 반성이 된다. 참모들이 반대 입장을 내면 정조처럼 내가 아는 것을 총동원해서 내 의견을 관철시키려 하는 내 모습이 떠오른다.

박원순: 대단하신 분이네요, 정말. 사실 그 시대에는 왕이라고 하면 다 벌벌 떨고 그랬을 텐데.

무적핑크: 그죠. 그래서 제 마음속에 1위로 저장!

웹툰작가에게 실력보다
중요한 게 있다고요?

박원순: 임금들에 대한 이야기가 이렇게 재미있을 줄이야. 왜 사람들이 무적핑크의 작품을 좋아하는지 알 것 같아요. 정말 훌륭한 스토리텔러 같아요. 흠뻑 빠졌습니다.

무적핑크: 시장님께서 잘 받아주셔서 제가 신이 났었네요.

박원순: 그나저나 무적핑크처럼 훌륭한 작가가 되고 싶어 하는 분들이 많을 거 같아요.

무적핑크: 어휴, 많죠.

하하하. 빼는 법이 없다.

박원순: 그런 꿈나무들에게 당부하고 싶은 말이 있어요? 어떻게 하면 좋은 작가가 된다든지, 어떻게 하면 잘 그릴 수 있다든지… 뭐 그런 거요.

무적핑크: 일단 첫째는 건강, 둘째도 건강, 셋째도 건강!

그의 대답은 한 번도 나의 예상궤적 안에 들어오질 않는다.

박원순: 의외의 답변이네요. 혹시 건강에 어려움을 겪고 있어요?

무적핑크: 그렇…지요. 웹툰 작가의 생활을 말씀드리면 이해가 되실 텐데요. 골방에 앉아서 좋지 않은 자세로 열 몇 시간씩 그림을 그리거든요. 게다가 일반적으로 프리랜서라 수입도 불안정하니까 정신적 스트레스도 크고요. 그런데 독자들의 취향은 또 어찌나 빨리 변하는지, 공부도 많이 해야 해요.

박원순: 건강이 좋을 수가 없겠군요? 그래도 무적핑크 정도 되면 문하생이라고 할까, 도와주는 사람들을 두고 일을 하지 않아요?

무적핑크: 저는 스태프라고 부르는 동료분들이 계세요. 요즘은 문하생이 아니라 동등한 스태프에요. 제가 누군가를 가르치는 게 아니라 철저한 분업이죠. 예를 들어 저보다 색칠을 더 잘하는 분을 섭외해서 색칠을 부탁하는 식이죠. 그런데 저처럼 스태프와 함께 일하려면 안정적으로 많이 벌어야 하는데 그렇게 되기까지가 쉽지 않아요.

박원순: 웹툰 작가가 권할 만한 직업이라고 생각하나요?

무적핑크: 이게 운명인 친구들에게는 권해야죠.

박원순: 운명의 기준이 뭐예요?

무적핑크: 제가 말려도 그림을 그리고 연재할 사람들이요. 엄마, 아빠가 그림 그리지 말라고 연습장이랑 그림 도구 다 갖다 버려도 그릴 애들은 시험지 구석에라도 그리거든요. 그런 친구들이 빨리 프로가 되고, 두각을 나타내더라고요. 그런 친구들한테는 꼭 몸 챙겨가면서 하라고 말하고 싶어요.

박원순: 시작, 그러니까 첫걸음을 어떻게 떼야 할지 모르는 친구들에게는?

무적핑크: 그런 친구들에게는 일단 연재해보라고 하고 싶어요. 본인 페이스북이든 인스타그램이든 말이에요. 원고료 안 받고 그리는 일 가혹한 거 알지만, 독자들에게 보여주고 피드백을 받아야 용기를 얻을 수 있거든요. 고민하고 있다면 용기가 필요한 거니까요.

시청에 일자리를 준다고 해도 안 온다고요?

박원순: 그런데 무적핑크처럼 되면 수입은 어떻게 돼요? 질문이 너무 노골적인가?

무적핑크: 아뇨~ 먹고 사는 게 가장 중요하다고 말씀드렸잖아요. (웃음) 만약에 시장님이 저에게 서울시청에 일자리를 주신다고 해도 안 간다고 말씀드릴 정도요? 하하하.

귀여운 너스레를 떤다. 이 역시 밉지 않다.

무적핑크: 일단 네이버에 연재를 하면 원고료를 받고요. 지금은 조선 왕조실톡이 무료 웹툰이지만, 유료로 전환을 할 수도 있거든요. 그럼 또 거기서 수입이 생기기도 하고요. 또 제가 소속 되어 있는 와이랩에서는 제작 지원금이라는 이름으로 보수를 주시기도 해요.

박원순: 또 이렇게 책을 팔면 인세도 받겠군요. 일찍부터 건강을 염려할 정도로 힘든 일이기는 하지만 열심히 하면 이렇게 잘 될 수도 있겠구나.

무적핑크: 그리고 중요한 게, 작가로서 롱런하려면 주변의 도움도 많이 필요해요. 가령 요즘은 웹툰이 영화화 된다거나 드라마로 만들어지는 경우도 있거든요. 좋은 일인데, 작가 혼자 감당하긴 어려워요. 시나리오 감수도 해야 하고, 법적인 문제도 해결을 해야 하고요. 보통은 그런 걸 소속사에서 도와주시죠.

박원순: 맞아요. 프리랜서가 혼자 뭘 하려면 힘들잖아요. 회사가 있으면 좋죠.

무적핑크: 그런데 '좋은' 회사여야 해요. 좋은! 무턱대고 회사랑 계약하지 말고!

박원순: 이렇게 이야기하는 거 보니까 와이랩은 좋은 회사인가 보군요. 회사에도 여러 작가분들이 계시는 것 같은데, 그럼 웹툰계에서 무적핑크가 존경하는 작가분이 있어요, 선배 중에서?

무적핑크: 존경스러운 분은 선배뿐만 아니라 후배 중에도 꽤 많아요.

박원순: 누구예요?

무적핑크: 생존해 있는 작가 모두요. 사실 여기는 살아남는 것 자체가 대단히 어려운 곳이니까요.

박원순: 진짜 오늘 '대단한 말씀'을 듣고 있네요 제가. 강연비를 드려야 할 것 같아요.

무적핑크: 아까 돈을 많이 번다고 까불었지만 실제로 저는 이제 제가 후배들에게 모범을 보여야 할 때가 됐다고 생각을 해요. 제가 존경하는 분들이 그리했던 것처럼.

박원순: 존경받을 정도의 작품을 만들어야겠다는 얘기인가요?

무적핑크: 그것보다는 책임감을 느끼고 있어요. 저도 이 분야에서 10년 넘게 살아남았으니까 제 나름의 노하우도 있을 것이고, 이제는 어린 애처럼 사랑받는 걸 넘어서 사랑을 줘야 할 것 같아요. 올해 서른 살이 돼서 그런지 후배들을 챙기게 되더라고요.

박원순: 어떻게요?

무적핑크: 이제 후배 작가들이 잘 먹고 잘 사는지, 힘든 일은 없는지, 부당한 일을 당하지는 않는지 물어보고 싶고, 도와주고 싶고 그래요. 작가가 혼자 하는 작업이다 보니 인간관계 쌓는 게 사실 쉽지 않거든요. "작가님, 잘 지내세요?"라고 문자 보내는 것 자체가 큰 용기가 필요한데, 이제는 해보려고요. 사랑을 받았으니 이제 갚아야죠.

날카로운 부탁이 있다고요?

박원순: 이야기를 듣다보니 혹시 회사 말고 서울시가 도와줬으면 하는 거 있어요? 웹툰 작가들을 위해서요.

무적핑크: 안 그래도 오신다고 해서 어떤 말씀을 드리면 좋을지 동료들과 상의를 해봤어요. 절호의 기회잖아요! 시장님이랑 이렇게 대담할 기회가 또 없을 테니까요.

박원순: 하하, 그렇게 이야기하니까 은근히 긴장되네요.

무적핑크: 날카로운 부탁의 말이 나왔어요. 아주 핵심을 찌르는!

박원순: 제가 듣고 싶은 이야기네요. 제가 세종처럼 말을 잘 듣거든요.

무적핑크: 아까는 정조라고 하시더니…? (웃음)

박원순: 아니, 하하하. 그런 면도 있고 저런 면도 있죠. 하하하.

얼레벌레 얼버무리고 있다.

무적핑크: 재능기부에 대한 이야기가 나왔어요. 정부나 지자체에서 웹툰 작가들에게 협업 제안을 하는 경우가 많아지고 있어요. 지자체의 브랜드 가치를 높이거나 정책을 설명하기 위해서 웹툰을 그려달라는 거죠. 거기까지는 되게 기쁜 일인데, 문제는 "재능기부로 해주셨으면 좋겠어요" 하고 말씀하시는 경우가 많다는 거죠.

박원순: 아이고, 제대로 작품 값을 치러야 하는데, 열정페이를 요구하는 거구나.

무적핑크: 솔직히 저는 기반이 있어서 재능기부 할 수 있어요. 그런데

이름을 알려야 하는 갓 데뷔한 분들이 희생양이 되는 경우가 많아요. 돈 대신 귤 받고 하는 분도 봤어요. 유기농이라면서 좋아하시는데 너무 안타깝더라고요….

박원순: 그건 제가 약속할게요. 사실 저도 그 부분에 대해서는 고민도 좀 있었는데요. 웹툰만이 아니라 다른 분야에 대해서도 서울시에서는 그런 일이 생기지 않도록 할게요. 아무래도 예산이 문제일 텐데, 10개 할 걸 5개로 줄이는 한이 있더라고 제대로 하는 걸로요.

무적핑크: 10개 다 하셨으면 좋겠는데요! 기회를 많이 주세욧!

박원순: 아이고, 예산이라는 게 한정되어 있다 보니까… 그래도 고민을 해볼게요.

이런 저런 깨달음을 얻다 보니 어느 덧 시간이 다 되어간다.

모든 인터뷰이에게 하는 공식 질문!

박원순: 시간이 어떻게 갔는지 모르겠네요. 그래도 시간이 늦었으니 마무리를 해야 할 것 같아요. 우리가 마무리 질문이 있어요. 무적핑크에게 서울이란 어떤 곳인가요?

무적핑크: 제가 사는 곳이고 세금 내는 곳이죠. 참 좋아하는 곳이에요. 경복궁도 있고 창덕궁도 있고.

박원순: 그렇죠. 한양이니까!

무적핑크: 한양이 없었으면 제가 이렇게 되지 못 했겠네요. 세금 많이 내야겠다!

박원순: 정말 고마운 생각이네요. 그럼 저와 오늘 이야기 나누면서 어땠어요? 실제로 보기 전과 실제로 대화를 해보니 많이 달라요? 무적핑크에게 박원순이란?

무적핑크: 사실 뵙게 되면 조심해야겠다고 생각을 했거든요. 입조심을….

박원순: 아니, 내가 뭐 잡아가는 것도 아닌데… 왜요? (웃음)

무적핑크: 옛날로 치면 한성판윤이시잖아요. 무려 정 2품…!

박원순: 아~ 무적핑크한테는 서울시장보다 한성판윤이 더 익숙하구나.

무적핑크: 제 머리 속은 조선시대거든요. 하하. 한성판윤으로서 많은 고민을 하고 계시겠…지요? 1,000만 시민을 살펴야 하니까. 저는 사람

들 마음만 살피면 되는 사람인데도 독자가 100만 명이 넘어가니까 참 어렵더라고요. 대사 하나 쓸 때도 고민스럽거든요. 혹 누구에게 상처 주지는 않을까 해서요.

박원순: 그럼요. 자다가도 깹니다. 하하하. 이런 것도 통하네요.

무적핑크: 시장님과 약속 하고 싶은 게 있어요.

박원순: 뭔가요?

무적핑크: 제가 약속드릴 수 있는 건요, 저는 주로 어린 독자들이 좋아해주세요. 그 친구들에게 좋은 작품, 건강한 작품을 그려서 그 아이들을 건강하게 성장할 수 있는 바탕이 될게요. 그러니까 남은 건 시장님이 모두 다…! 잘 부탁드립니다. (웃음)

박원순: 자기는 웹툰만 잘 그릴 테니까 나머지는 알아서 다 하라는 거군요?

무적핑크: 그럼요. 실업 문제, 고용 문제 등 많은 문제들을 똑똑한 분들이랑 같이 알아서 잘 해주세요. 아잣!

박원순: 뭔가 손해 보는 거 같은데? 허허허. 그래요. 열심히 해볼게요. 하이고, 오늘 숙제를 많이 받고 가네요. 그럼 진짜 이제 마지막입니다.

하고 싶었던 말 중에 아직 다 못 한 게 있으면 얼마든지 하셔도 돼요.

무적핑크: 이것도 다 인터뷰에 들어가나요?

박원순: 걱정 말고 다 얘기 해봐요. 안 잡혀가. 하하하.

무적핑크: 저는 서른 살이 된 여성 작가잖아요? 그 입장에서 말씀을 드리자면 여자 작가가 전업으로 먹고 살기가 어려운 점이 있어요. 작가로 성공하기까지는 시간이 꽤 필요한데요. 생계가 불안하니까 중간에 버티지 못 하고 결혼을 선택할 가능성이 높거든요. 그럼 아이 낳을 가능성이 아주 높고, 보통 엄마가 아이를 키워야 하잖아요? 전도유망한 작가가 전업주부가 되어 시장에서 사라지는 일이 되게 많아요.

박원순: 아이 키울 수 있는 시스템이 갖춰지면 좀 보완이 되겠군요.

무적핑크: 네. 웹툰 작업장 내 보육시설을 만들어주시거나 아니면 경력 단절자를 위한 프로그램을 만들어주시는 것도 좋고요! 사라진 작가님들은 돌아오라!

혼자 주문을 외우듯이 외친다. 내 입가엔 흐뭇한 미소가 함께 흐른다.

박원순: 많은 고민을 하고 있어요. 예를 들면 동네에 보육반장을 정해서 어린이집 끝나고도 봐주는 사람이 있도록 하려고 해요. 틈새보육

을 해결하려고. 주신 의견도 고려해서 함께 고민해볼게요.

무적핑크: 열심히 하시라고 제가 선물을 준비했습니다. 짜자잔!

박원순: 아이고, 이게 나구나!

무적핑크: 네! 한성판윤 정 2품! 아, 저 정말 마지막으로 한 말씀만 더 드리고 싶어요. 많은 작가님들이 부조리한 일을 겪으며 열악한 상황에서 일하고 있어요. 정말 걱정스러운 건, 이런 어두운 상황이 만화에 반영이 된다는 거예요. 나쁜 생각이 그대로 만화에 스며드는 거죠. 요즘 웹툰을 안 보는 사람들이 없는데, 좋지 않은 생각들이 웹툰을 통해 사람들에게 퍼져 나가지 않을까 안타까울 때가 많아요.

박원순: 정말 그럴 수 있겠네요. 누구나 환경의 영향을 받으니까요.

무적핑크: 네. 안 그래도 혐오가 판치는 세상이잖아요? 작가들이 마음 다치지 않게, 그래서 세상을 더 좋은 곳으로 움직이는 작품들이 많이 나올 수 있도록 잘 부탁드립니다. 시장님.

박원순: 품값을 받았으니 열심히 해볼게요. 많이 배웠습니다. 시간 내 줘서 고마워요.

인터뷰 며칠 뒤, 무적핑크를 떠올려본다

내게 재능기부는 익숙하고 어쩌면 당연하게 여겨졌던 적이 있다. 개인적으로 인권 변호사 시절에는 무료 변론을 숱하게 했고, 시민운동을 할 때도 보수는커녕 오히려 돈을 내면서 일하기도 했었다. 내가 가진 능력과 지식을 제공해 공동체를 복원하고 사회의 정의를 실현하는데 필요하다면 뭐든지 했다. 요즘 말로 재능기부를 하면서 평생을 살아왔다. 자신이 가진 전문 지식이나 능력을 어려운 이웃이나 곤란한 상황에 처한 약자를 돕는 데 활용하는 것은 우리 사회를 풍성하게 발전시키는 데 도움이 된다는 믿음 때문이었다.

그런데 여기서 한 가지 문제가 발생한다. '재능기부'라는 가면을 쓴 '열정페이'가 기승을 부리게 된 것이다. 재능기부와 열정페이가 '이음동의어'처럼 쓰이기 시작한 것이다. 이는 보통 재능기부를 요구 당하는 쪽의 지위와 경력을 빌미로 재능기부가 열정페이로 변질되어버렸기 때문이다.

다시 말해 재능기부를 요구받는 쪽이 이제 막 세상에 나온 새내기들일 경우에 열정페이 논란이 발생한다. 아직 경력을 쌓지 못해 자신의 커리어를 알리기 위해 고군분투해야 하는 새내기들에게 재능기부를 요구하는 것은 노동력 착취이자 노동가치에 대한 훼손이다. 결국 '기회를 준다'는 명목 하에 열정페이를 강요하고 있는 것이다.

그래서 얼마 전부터 서울시는 재능기부라는 이름으로 열정페이를 강요하는 행태를 막고자 노력 중에 있다. 주로 열정페이의 대상이 되는 청년들이 피해를 보지 않도록 아르바이트 사업장 모니터링을 강화하고, 기초노동상담과 권리구제 지원 등을 아끼지 않고 있다.

그러나 무엇보다도 중요한 것은 무적핑크가 말했듯 노동에 대해 합리적이고 정당한 대가를 지불하는 것이다. 그리고 노동에 대한 합당한 대가를 지불하는 문화를 정착시키는 데 노력을 아끼지 않을 것이다.

닫는 글

처음 출판사와 만나서 〈몰라서 물어본다〉 기획에 대한 회의를 할 때 편집자는 내게 하고 싶은 대로 마음껏 해도 된다고 했다. 전문편집 자가 준비하는 질문이 아닌 '박원순만의 시선'으로 질문을 해 달라고 했다. 의아해서 그 이유를 물었더니 아재의 감성으로 세대 공감을 이 끌어내기 위함이라고 했다. 편집자는 요즘 청년들의 생활이나 생각을 기성세대들의 눈높이에서 관찰하고 이에 대한 궁금증을 풀어보자는 시도라고 설명해주었다. 그 시도가 마음에 들었고, 나조차도 억지로 이해하는 척 하는 것이 아니라 진짜 내가 이해되지 않으면 안 된다고, 모르면 모른다고, 그러니 알려달라고 말하는 게 솔직하고 편한 것 같 아 흔쾌히 받아들였다.

대신 편집자는 딱 두 개의 질문만은 빼놓지 말아달라고 부탁했다. 예능 프로그램에 나오는 마무리처럼 진행을 해달라는 요구까지 함께.

"당신에게 서울이란?"
"당신에게 박원순이란?"

하나는 인터뷰이들이 각자 서울에 대해 느끼는 인상이나 느낌에 대한 질문이었고, 다른 하나는 인터뷰를 마친 뒤 나에 대해 느껴지는 다양한 감정들을 물어보라는 것이었다. 서울시장이 인터뷰이들에게 서울에 대해 물어보는 것은 어색할 것이 없었지만, 뜬금없이 상대를 눈앞에 두고 내가 어떤 사람 같은지 말하라고 하는 것이 낯간지럽게 느껴졌다.

사실 사람 앞에다 놓고 누가 솔직히 나쁜 이야기들을 하겠는가? 당연히 칭찬만 하고 말테고 그럼 뻔한 답변만 나올 텐데 굳이 이걸 해야 하는 것인지 반문을 했지만 자신들을 믿고 해보자고 했다. 그리고 나중에 답변을 듣게 되면 알게 될 것이라는 말을 남겼다.

그렇게 바쁜 일정 속에서도 퇴근 후에 젊은 전문가들을 만났고 격식을 차린 인터뷰가 아닌 마을 평상에 두런두런 앉아서 수다 떠는 것 같은 기분으로 대화를 나눴다. 그리고 그 동안 내가 간과했던 것들이나 미처 생각하지 못한 부분들까지 배우는 시간이었다. 나이 차를 떠나 타인의 시선으로 세상을 엿보는 재미도 함께 얻었다. 무엇보다 인터뷰이들이 남긴 나에 대한 정의들을 모아 보면서 그들의 발언의 기저에는 연결되는 지점이 있다는 것을, 그리고 편집자는 내게 이걸 알게 해주기 위해서 그토록 민망한 질문을 시켰던 것이다. 몇 명이 남긴 정의를 보면,

"워낙 높으신 분이라 마냥 어렵게 생각했는데 실제로 대화를 나눠보

니까 '이런 분이 서울시장이라서 안심된다' 는 생각을 했다." _ 김시현

"평소 정치인이 보이는 소탈함은 쇼라고 생각했는데 그렇지 않은 사람도 있다는 것을 깨달았다." _ 신상훈

"시장은 한성판윤, 무려 정2품! 그리고 천만 시민을 살펴야 하니 많은 고민을 해야 하는 사람." _ 무적핑크

"시장은 내게 '세상이 많이 달라졌구나' 를 느끼게 해준 사람. 시장이 기업가가 아닌 문화예술인을 만나는 것을 보고." _DJ소울스케이프

그렇다. 그들의 눈에는 박원순이란 정치인은 이미 기성세대이자 기득권이며 그들을 잘 이해하지 못할 것이란 가정이 이미 깔려 있었다. 나는 스스로를 아직 열정을 갖고 뛰어다니는 청춘이라고 생각하며 열심히 노력하고 있었지만 이미 사람들의 눈에는 최장수 서울시장이며 유명 정치인 중 하나였다.

인권변호사 시절이나 시민사회 운동가 시절부터 함께 동고동락한 이들에게는 여전히 동료이자 이웃이지만, 어쩌면 지금의 젊은이들에게는 나 역시 그들과 소통이 안 되는 '꼰대' 로 보일 수밖에 없겠다는 생각이 들었다. 한 기사를 보니 '꼰대는 스스로가 꼰대인지를 모른다' 는 말이 있었다. 어쩌면 그 말이 지금의 나를 가리키는 말은 아닐까 스스로를 한번 돌아보게 됐다. 혹시 내 기준에서만 옳고 그름을 판

단하지는 않았던가? 그리고 그걸 강요한 적은 없는가? 사실 급식체 좀 안다고, SNS에 글 올릴 줄 안다고 꼰대가 아닌 게 아닌데.

꼰대가 되지 않기 위해서는 변화하는 세상에서 그 흐름을 잘 파악하고 자신의 경험을 절대화해서 타인에게 강요하지 않는 것이 우선시되어야 한다. 그것만 한다고 해서 시장으로서 의무가 끝나는 것도 아니다.

지금 우리 사회는 개인의 의지와 노력만으로는 극복하기 힘든 현실적 문제들로 가득 차 있다. 이러한 현실 속에서 공동체를 복원하고 각자도생이 아닌 사회적 우정을 바탕으로 내 옆을 함께 돌아볼 수 있는 사회로 거듭나야 한다. 그러기 위해서는 다양성을 인정하고 배려하면서 그 안에서 중심을 잡고 공동체가 나아갈 길을 모색해야 한다. 그것이 바로 꼰대가 아닌 '선배'가 해야 할 일이라고 생각한다.

나는 우리 청년들에게 좋은 선배가 되고자 한다. 그렇다고 "내가 해봐서 아는데"라고 말하려는 것이 아니다. 그리고 조금 더 욕심을 내보자면 조금 나이는 많지만 잘 통하는 친구가 되고 싶다. 내가 가진 경험과 지혜를 공유하기 전에 그들이 행복할 수 있는 삶에 대해 우선 열심히 듣고자 한다. 내 기준에서의 행복이 아니라 그들이 생각하는 다양한 행복과 삶에 대해서 들어보고자 한다. 사회적 우정을 바탕으로 한 친구 관계라면 그 정도는 할 수 있어야 하지 않을까?

또 그들에게 기회를 주고자 한다. 대상으로서, 객체로서가 아니라 주체로서 스스로 판단하고 결정할 수 있도록. 그들은 참여를 통해 성장하고 더 올바른 내일로 나아갈 것이고 그때 선배들의 역할이 필요하다. 그 동안 얻어 온 삶의 지혜와 경험들을 공유하고 그 과정에서 일방적인 소통이 아니라, 나 역시 그들에게 내가 나아갈 길에 대해 깨달음을 얻고자 한다.

물론 그 과정에서 이해 안 되는 것들이 많이 쏟아질 것이다. 이번 인터뷰도 사실 그랬다. 낯선 영역에서 성공을 거둔 이들에게는 우리 세대와는 다른 행복과 성공에 대한 인식이 있었고 이를 이해하기 위해서 열심히 질문을 했다. 완벽할 순 없지만 그래도 어렴풋이 깨달은 바가 있다. 모르면 물어보라고 하지 않았던가? 대충 알고 충고하는 것이 아니라 몰라서 물어볼 때 사회적 거리를 좁힐 수 있는 시작이 되고 선배를 넘어 친구가 되는 첫걸음이라고 믿는다.